꿈이 영그는 교정 02

길모퉁이 헌책방

꿈이 영그는 교정
02

길모퉁이
헌책방

최균희 청소년 장편소설

신아출판사

■ 차례

1. 만나야 할 사람들 ·· 7

2. 강 위에 눕는 바람 ·· 20

3. 시골 여행의 꿈 ·· 30

4. 별을 헤는 밤 ·· 40

5. 흙냄새를 맡으며 ·· 53

6. 돌아온 어미소 ·· 63

7. 아름다운 사랑 나눔 ·· 71

8. 함께 뛰는 아이들 ·· 83

9. 선생님의 시골 편지 ·· 91

10. 새로운 담임 선생님 ·· 104

11. 길모퉁이 헌책방 ················· 114

12. 고추잠자리 ····················· 122

13. 숨겨진 진실 ···················· 132

14. 참새네 이야기방 ················· 144

15. 흥정과 오해 ···················· 156

16. 학생부와 실어증 ················· 166

17. 방황하는 삼총사 ················· 177

18. 갈림길에 서서 ··················· 188

19. 현명한 진로 선택 ················· 196

20. 풍요로운 교정 ··················· 210

1. 만나야 할 사람들

"강나래, 의리 없이 또 혼자 가기냐?"
정숙이가 뒤에서 숨 가쁘게 달려왔다.
"응, 나 오늘 언니한테 가보려고."
"나도 한번쯤 가면 안 되겠니?"
"네가? 그래, 좋아. 빨리 와!"
나래는 발걸음을 멈추고 기다려 주었다.
"벌써 한 학기가 다 지나가고 내일 모레면 방학이로구나."
"그래, 3학년이라고는 하지만 국어 시간에 우리 선생님이 말씀하신 것처럼 집에서 공부만 한다는 건 너무나 답답한 일 같지 않니? 시골 여행이라도 며칠 다녀왔으면 좋겠어."

"맞아, 국어 과목 방학 숙제는 어디든 다녀온 곳의 이야기를 원고지 10매 내외로 써내라는 것이니까 제일 멋진 숙제지 뭐야."

"넌 시골에 자주 가 봤니?"

"응. 난 어렸을 때는 외갓집에 자주 갔었는데, 외할머니께서 돌아가신 이후로는 거의 못 갔어."

"참, 너의 부모님은 모두 시골이 고향이라고 했잖니?"

기억력이 좋은 정숙이 잊어버리지도 않고 말을 꺼낸다.

"그런데, 큰집도 서울로 이사 오고 또 외삼촌은 프랑스에 가 계시니까."

"난 태어나서 지금까지 피서철에 시골에 다녀오는 것 이외에는 제대로 가 본 일이 없어."

정숙이 갑자기 시무룩해지며 기운 없이 대답했다.

"그랬니? 하하하."

"왜 웃어?"

"네가 불쌍해서."

"뭐라고?"

"우리 엄마는 항상 이렇게 말씀하셨어. 시골에서 태어나서 시골에서 자란 것이 엄마의 가장 큰 재산이라고. 시골 생활에서 얻은 정서는 죽을 때까지 아름다운 추억거리가 될 거래."

"야, 약 올리지 말고 우리 한번 계획을 세워볼까? 가능한 아이들끼리 부모님의 허락을 받아서 말이야."

"글쎄."

나래와 정숙이 이야기를 하는 동안에 어느새 내려야 할 지하철역에 도착했다.

"자, 어서 내려. 저리로 나가서 10분만 걸으면 A병원이야."

"병원엔 지금 누가 계시니?"

"당연히 우리 엄마시지."

"진짜 너의 엄마는 만년 소녀 같더라. 그것도 시골에서 자라난 탓인가?"

"아니야, 요즘 언니 때문에 많이 수척해지셨어."

"내가 생각해도 너의 부모님은 참 훌륭하신 것 같아."

"얘가, 왜 또 이래?"

정숙과 나래가 엘리베이터 문이 열리기를 기다리고 서 있을 때였다.

"얘들아, 너희들 혹시 Y중학교에 다니지 않니?"

벌써 병원에선 저녁 식사가 끝났는지 손수레에 식판을 가득 담아 가지고 지나가던 아주머니가 말을 걸어온 것이다.

"네, 그런데 어떻게 우리 학교를 아세요?"

"응, 너희 학교 교복은 좀 다르지 않니? 여름 블라우스는 세일러복으로 등판이 붙어 있고."

"어머나, 그럼 아주머니네 따님도 우리 학교에 다니나 본데 몇 학년이죠?"

"아, 아냐, 그냥 아는 것뿐이지."

정숙이 반가워하며 묻자 아주머니는 갑자기 잘못이라도 들킨 사람처럼 얼굴이 빨개지면서 허겁지겁 수레를 밀고 식당 쪽으로 가버리는 것이었다.

1. 만나야 할 사람들

"참 이상한 분이다. 말을 걸어놓고 도망을 치다니."

"그러게 말이다."

입원실 앞에 다다를 때까지 정숙과 나래는 고개를 갸우뚱거리며 히죽히죽 웃었다.

"날씨 탓이야. 별사람도 다 있지?"

정숙이 웃기는 바람에 나래도 따라서 하하하 웃지 않을 수가 없었다.

"이 녀석들이 왜 병실 앞에서 웃고 있어?"

나이 든 의사 선생님 한분이 하얀 가운으로 바람을 일으키며 호통을 치고 지나갔다.

둘이는 똑같이 웃음을 참으며 안에다 대고 노크를 했다.

"네."

"어머나, 선생님!"

언니의 병실 문을 열어준 사람은 나래의 엄마가 아니라 권영일 선생님이었다.

"어서 들어오너라. 언제나 단짝이구나. 두 아가씨는."

권 선생님은 마치 자기 집에 놀러온 손님을 대하듯 친절하게 안내를 했다.

"언니."

나래가 언니 가까이 다가섰을 때는 이미 언니의 눈동자가 촉촉이 젖어 있었다.

"언니, 왜 울었어? 다리 많이 아파? 아직도 통증이 있는 거야?"

"언니, 저도 왔어요. 나래의 친구 마정숙."

정숙이 인사를 하자 언니는 눈을 꼭 감았다가 뜨면서 살며시 미소를 지었다.

"선생님, 우리 언니 왜 저래요. 선생님이 언닐 울리셨어요?"

나래는 이제 권 선생님이 이성으로서의 사모하는 대상이 아님을 확실히 깨달을 수 있었다.

마음이 설레거나 잘 보이려고 노력하지 않아도 되었다. 다만 언니를 사랑한다면 이 세상 모든 것과도 바꿀 수 없는 진실한 참사랑이기를 빌고 싶었다.

"그럴 일이 있었어. 괜찮아. 저 봐라. 언니 얼굴이 소나기 뒤에 울다 웃는 채송화 같지 않니?"

권 선생님의 말에 다시 언니 쪽을 바라다본 나래는 어안이 벙벙해졌다.

조금 전과는 달리 언니는 환하게 웃으며 일어나 앉으려고 노력하고 있었다.

"자, 제가 일으켜 드릴까요?"

권 선생님은 아주 자연스럽게 언니의 등 뒤에 팔을 받치고 일으켜 앉히는 것이었다.

나래와 정숙은 서로 마주 보면서 눈만 깜박거렸다.

"우리 엄마는 어디 가셨어요?"

나래는 권 선생님을 향하여 따지듯 물었다.

"응, 너희들도 알고 있지? 내가 우람일 데리고 왔거든. 언니와 내내 이야길 나누다가 조금 전에 어머니와 밖으로 나가셨어. 조용히 하실 얘기가 있다 하시며."

"네? 우람이 오빠가 병원에?"

나래보다도 정숙이 더 놀라는 표정을 지었다.

"어차피 만나 봐야 할 사람들이었으니까."

"네? 무슨 말씀이세요?"

정숙이 선생님과 언니를 번갈아 보며 묻자, 나래는 얼른 정숙이 손을 잡아끌었다.

"우리도 정원 한 바퀴만 돌고 오자. 이리 나와!"

"참 나 좀 봐, 빈손으로 환자를 만나러 왔네. 그래 매점이라도 다녀오자."

정숙은 눈치 하나는 빨랐다.

"얘, 무슨 이야기니? 만나야 할 사람들이라니?"

"자세한 건 나도 몰라. 언젠가 등나무 밑에서 내가 말했잖니? 언니의 일기장에서."

"아, 그랬었구나. 너의 언니가 찾고 있는 사람이 우람이 같다는."

"맞아, 하지만 언니 곁에서 그런 이야길 계속 하면 안 될 것 같았어. 그렇지 않아도 언니가 울적해 보였는데."

"나래야, 넌 지금 보니 매우 속이 깊구나. 난 그런 줄도 모르고 널 어린애로만 여겨 왔지 뭐냐."

"넌 어른이고?"

"매점이 어디니? 음료수라도 한 병 사가야겠다."

"얘는 학생이 무슨 돈이 있다고 그러니? 괜찮아. 냉장고에 먹을 것 많이 있어."

"그래도. 내 용돈이 있으니까."

정숙이가 매점 있는 쪽으로 나래를 이끌며 가고 있을 때, 아까 그 식당 아주머니와 다시 마주쳤다.

"안녕하세요? 아주머니!"

이번엔 정숙이가 먼저 아는 체를 했다.

무슨 생각을 하는지 고개를 푹 숙이고 지나가던 아주머니가 깜짝 놀라며 멈춰 섰다.

"응, 너희들이로구나. 아직 안 갔니?"

"네, 아주머니. 참 아주머니도 우리 동네에 사세요?"

정숙인 끝까지 아주머니에 대해 알고 싶어 하며 물어 보았다.

"아니, 저어."

아주머니는 말을 더듬거리며 그냥 지나치려다가 되돌아서서 다가왔다.

"너희들은 지금 몇 학년이니?"

"네, 3학년이에요."

나래가 공손하게 대답하자 아주머니는 주저주저하며 조심스레 물어왔다.

"혹시 장미진이라고. 알고 있니?"

"네? 아주머니가 미진일 아세요?"

정숙이 의아한 눈빛으로 아주머니를 올려다 볼 때, 나래는 아주머니의 옆모습이 그대로 미진의 옆모습과 꼭 닮았음을 알아챌 수 있었다.

"미진이 제 짝인 걸요. 아주머니가 미진이 엄마? 맞지요?"

나래가 조금치도 생각할 틈을 주지 않은 채 말을 하자 아주머니는 어쩔 수 없다는 듯 고개를 두어 번 끄덕이는 것이었다.
"세상에. 이럴 수가? 아주머니, 얘 말이 맞나요?"
아주머니는 금세 눈물을 글썽이며 매점 앞에 놓여 있는 벤치에 가 앉았다.
나래와 성숙이도 그 옆에 앉았다.
"우리 미진이 학교에 잘 다니지?"
"네, 잘 다니고 있어요. 그런데 아주머니는 왜 이곳에 와 계시지요?"
"너희들을 붙들고 긴말을 어떻게 다 하겠니? 다만 너희들에게 부탁하고 싶은 것은 아무에게도 내가 이곳에서 일을 하고 있다는 걸 말하지 마! 비밀로 해달라는 거야."
"왜 그러시죠? 아주머닌 미진이랑 동생들이 보고 싶지 않나요?"
"……."
아주머니는 대답 대신에 눈물을 닦아 내었다.
"미진이가 가엾어요. 어머니가 이렇게 멀쩡히 살아계시면서 왜 어린 아이들을 고생시키세요?"
나래는 미진이가 엄마를 만나러 일부러 찾아다닌 사람처럼 분을 참지 못하겠다는 듯 따지고 들었다.
"난 돈벌이를 하러 나왔어. 이 병원에서 식당 일을 해."
"이런 일쯤은 집에서 살림을 돌보며 할 수도 있잖아요? 요즈음 파출부 자리도 얼마든지 많을 텐데."
"그야 그렇지만. 미진이 아버지가 술 먹고 속 썩이는 일이 하루 이틀이어야지. 나도 참을 만큼 참아냈다. 내가 없어져야 미진이 아버지가 속을 차릴 것 같아서."

미진 어머니는 더 이상 목이 메어 말을 못하겠는지 아니면 어린 중학생들 앞에서 눈물을 보이기 싫어서인지 벌떡 일어서서 식당 쪽으로 달음질치듯 사라져 버렸다.
　"정말 딱하다. 어쩌면 저렇게 하나만 알고 둘은 모른다니?"
　"그러게 말이야. 그래도 양심은 있어서 미진이랑 같은 교복을 입은 우리들을 보고 그냥 지나칠 수는 없었나 보다."
　나래와 정숙이 투덜대며 벤치에서 막 일어서려 할 때, 나래 엄마와 우람이 그 옆을 지나가고 있었다.
　"엄마, 같이 가요!"
　"안녕하세요? 마정숙이에요. 나래 친구."
　나래가 엄마를 부르고 정숙이가 인사를 하자 엄마와 우람은 동시에 흠칫 놀라는 기색이었다.
　"우람 오빠! 잘 지냈어?"
　"안녕하세요?"
　정숙이 우람이를 보며 반가워하자 나래도 덩달아 인사를 했다.
　"너희들 언제 왔니? 언니는 만나봤어?"
　"네, 병실에 권 선생님이 계시기에."
　어머니는 굳이 나래와 우람이 어떻게 해서 아는 사이인지 알아보려고도 하지 않았다.
　"그럼, 어서 늦기 전에 집에 가봐! 병원이 뭐가 좋다고 돌아다니고 있어?"
　평소답지 않게 어머니의 쌀쌀한 모습이 낯설었다.
　"너의 엄마가 기분이 안 좋으신가 보구나."

정숙이 겸연쩍은 표정을 지으며 바라보자 나래의 얼굴이 금방 빨개졌다.

손님 앞에서 그것도 딸의 친구 앞에서 엄마가 저토록 불친절하게 대한다는 것은 있을 수가 없는 일이었다.

"미안해! 좀처럼 저러시지 않는데 오늘은 왜 저러실까?"

"알아, 너의 엄마야말로 상냥하고 부드러운 스튜어디스 출신 같다고 모두들 이야기하잖니? 무언가 이유가 있으시겠지."

정숙이가 충분히 이해한다는 뜻을 보이며 천천히 발을 떼어 놓자 뒤에서 우람이가 끼어들었다.

"모든 게 내 탓이야. 정숙아 미안하다. 그리고 강나래, 정말 면목이 없군."

우람이는 그 큰 체격을 줄이고 싶은지 몸을 움츠리고 황소처럼 걸었다.

"오빠, 우리에게 모두 말해 주겠어?"

정숙이가 우람이 옆으로 다가가며 묻자 우람은 나래를 힐끔 쳐다보며 한숨을 길게 내쉬었다.

"차차 알게 될 거야. 어디 가서 큰소리로 고함이나 실컷 질렀으면 좋겠다만, 얘들아. 우리 한강변으로 바람이나 쐬러 갈까?"

"응? 한강변으로? 지금 당장?"

정숙이가 믿기지 않는 듯 물어보자 우람이 고개를 끄덕였다.

"저, 아주머니. 저는 이제 가보겠습니다."

우람인 성큼성큼 엄마 쪽으로 가서 인사를 하였다.

"병실에 가서 권 선생님과 누나도 안 만나보고?"

"네, 다음에 또 들르지요."

우람이 나래 어머니와 무슨 이야긴가를 더 주고받는 동안 나래와 정숙은 어안이 벙벙하여 할 말을 잊고 서로 마주보고만 서 있었다.

"우람이 오빠, 가지 말고 거기서 기다려 줘. 우리 인사만 하고 바로 나올게."

엘리베이터 안에서 문이 닫히기 전에 나래가 빠른 말투로 우람을 향하여 말했다.

"왜 기다리라는 거야? 네가 무슨 할 말이 있다고?"

어머니는 아직도 굳은 표정으로 나래를 보고 눈을 흘겼다.

"언니, 다음에 또 올게. 몸조리 잘해! 선생님, 우리들 먼저 가겠어요."

나래와 정숙은 병실에서 지체하지 않고 바로 나왔다.

두 사람은 약속이라도 한 듯 손목을 잡고 비상구 층계를 따라 아래층으로 내려왔다.

"우람이 오빠!"

병원 앞에서 막 택시를 잡아타려던 우람이 주춤하면서 뒤를 바라다보았다.

"오빠. 좀 기다리라고 했잖아요. 우리 같이 택시를 타고 한강변으로 가요."

"얘, 나래야! 너 정신 나갔니?"

갑자기 나래가 서두르며 택시 안으로 들어가자 정숙이 어찌할 바를 모르며 안절부절 못했다.

"왜들 그러는 거야? 타려면 빨리 타고 아니면 저리들 물러서!"

1. 만나야 할 사람들 17

택시 운전사가 고함을 꽥 질렀다.

"그래, 좋다. 정숙아, 어서 타렴."

우람이 택시 앞좌석에 올라타며 타며 말하자 정숙이도 하는 수 없다는 듯 나래가 탄 옆자리에 앉았다.

"아저씨, 선착장이 있는 고수부지로 데려다 주세요."

우람이 말하자 기사 아저씨는 속력을 내어 쌩쌩 강변도로를 향해 달려갔다.

"나래야, 지금 시간이 몇 시인 줄 알기나 해?"

"괜찮아, 집에다 전화하면 되지 뭐. 좀 늦는다고."

"넌 그렇지만 난 학원에 가야 해!"

"그까짓 학원 하루쯤 빠진다고 무슨 일이 생기니? 넌 친구보다 공부가 중요해?"

"어머나, 얘가? 적반하장이네. 우람이 오빠도, 왜들 이래?"

정숙인 기가 막힌다는 듯이 우람이 어깨를 잡아당기며 물었다.

"다 왔어. 우리 차에서 내린 다음 서서히 이야길 나누자."

우람인 피곤하다는 건지, 말하기가 싫다는 건지 고개도 돌리지 않고 정숙의 말에 건성으로 대꾸를 하는 것 같았다.

"다 왔습니다."

기사 아저씨가 내려준 선착장에는 사람들이 떠들썩하게 많이 모여들고 있었다.

"여름철이라 날씨가 더워지니까 바람을 쐬러 나오는 사람들이 많구나."

정숙인 조금 전 차 안에서의 말투와는 달리 금방 명랑해져서 깡충

깡충 뛰며 강가로 뛰어갔다. 강바람이 무척 시원했다. 나래는 우람이 옆에서 천천히 걸었다.

"나래야, 넌 다 알고 있겠지? 네 언니와 나의 사이를?"

"짐작은 하고 있지만 확실히는 몰라. 그래서 속 시원히 알아보려고 여기까지 따라온 거야."

"난 어렸을 적 이야기라 잘 기억이 나지 않는데 누나는 어렴풋이 기억이 난다지 뭐야. 우리 남매가 홀트 아동복지회에서 제각기 헤어져 누난 너희 집으로 가고 난 지금의 우리 집으로 오던 날을."

"어쩌면. 그런데도 우리 언니는 이제껏 그런 내색을 한 번도 드러낸 적이 없었어."

"침대에 누워 있는 누나를 보니까 이따금씩 누군가가 그리워질 때 떠올렸던 바로 그 얼굴이 나영 누나의 얼굴과 비슷했다는 생각이 들지 뭐겠니?"

"정말?"

놀라며 묻는 사람은 정숙이었다.

2. 강 위에 눕는 바람

"우람이 오빠, 앞으로 어떻게 할 거야? 나래 언니가 동생을 찾으려고 무척 애썼다는 것 같던데."

"응, 나래 어머니와 병원에서 이야길 했었는데, 내가 누나와 따로 나와 살고 싶다고 했더니 크게 노하시더군. 서로를 위해서 지금처럼 그대로 살아가라는 거야. 어차피 결혼한 뒤에는 제각기 살아야 하니까. 그렇다고 한 핏줄이 어디로 가느냐 하시며."

"그렇기도 하네, 나래 부모님도 그렇지만 우람이 오빠네 부모님들은 오빠 하나만 믿고 살아왔잖아, 안 그래?"

정숙이 나래와 우람이 사이에 끼어들어 여느 때처럼 어른스럽게 말했다.

"오빠네 부모님들도 이런 사실들을 알고 있나요?"

나래가 조심스럽게 물었다.

"응, 지난주에 권영일 선생님께서 우리 부모님을 만나 자초지종 이야길 다 했어. 어차피 만나야 할 사람들이니까 빨리 아는 게 좋을 것 같다며."

"참, 오빠네 아버지께선 어느 회사의 사장님이라고 하셨지?"

정숙이가 아는 체를 하며 나섰다. 우람인 그 말에는 대답을 하지 않고 물 위에 지어 놓은 유람선 모양의 모선 식당 안으로 들어갔다.

"자, 우리 간단하게 저녁 식사를 하자구나."

"와! 역시 우람이 오빠는 먹는 거 하나는 잘 챙겨준단 말이야. 그렇지 않아도 배가 고파오던 참이었는데."

정숙이 즐거워하며 식당으로 가기 전에 공중전화를 걸고 왔다.

"우람이 오빠와 나래하고 같이 있다고 하니까 우리 엄마께서 화내기는커녕 잘 놀고 오란다. 대신 너무 늦지 말라니까 조금만 더 있다가 가자."

"그래, 저녁만 먹고 일어서자."

우람인 강물이 보이는 쪽에 자리를 잡고 앉았다.

"이젠 나도 마음이 좀 가라앉은 편이야. 권 선생님으로부터 나영이 누나 이야길 처음 들었을 때는 하늘이 노랬었지."

우람인 빙그레 웃으며 유리컵의 물을 들이켰다.

"야, 유람선이 출발한다. 저기 하얀 거품 좀 봐! 얼마나 멋지니? 배가 물을 가르고 가는 게."

정숙이가 손가락으로 가리키는 곳을 바라보던 나래는 빙그레 웃었다.

"왜 웃니? 뭐가 우스워?"

힐끗 쳐다본 정숙이가 나래의 어깨를 흔들며 물었다.

"응, 하얀 거품이 일었던 자리가 금방 아무 일도 없었던 것처럼 잔잔해지는 게 어쩌면 내 마음 같아서 혼자 웃어 본 거야."

"뭐? 네 마음이 한강물 같다고?"

"하하하하!"

세 사람은 떠나가는 유람선을 바라보며 모처럼 큰소리로 웃어댔다.

"정말이지 거울처럼 잔잔해지는 강물 위로 바람이 와서 누워 버리지 않니?"

"뭐야? 바람이 강 위에 눕는다고?"

"그래, 바람도 저녁이 되니까 잠자리를 찾아드는 것 같아. 강물이 포근하게 바람을 안아 잠들게 하고 있어."

"얘가 지금 꿈을 꾸고 있네. 나래 양, 정신 차리라고. 여긴 물 위에 떠 있는 모선의 식당일뿐이야."

"나래는 문학소녀임에 틀림없군 그래, 내가 처음 보았을 때 느낀 그대로."

"어머머, 우람이 오빠가 그렇게 느꼈어? 난 생김새처럼 그저 둔한 줄만 알았었는데, 그 방면으로는 말이야."

"아니다, 내가 권 선생님과 유독 가까워진 이유도 내가 써낸 글이 선생님의 마음에 들었기 때문이었지."

"그랬어? 어쨌든 잘들 만났네. 나래도 오빠도 이제부턴 남남이 아니잖아. 어떻게 됐든 한 사람을 놓고 언니, 누나 하니까 결국 친형제나 마찬가지 아니겠어?"

"그야, 그렇지."

"그럼 서로 악수나 해. 이렇게 맺어진 인연도 하늘이 맺어준 것일 테니까."

"그래, 우리 악수하자."

우람인 나래에게 손을 내밀었다. 나래도 손을 내밀었다.

"그러고 보니 난 두 사람이 남매 되는 걸 증인 서러 여기까지 따라온 것 같다."

"그러게 말이야."

나래가 생긋 웃자 우람도 나래를 보며 의미 있게 웃었다.

"자, 이제 우리 그만 일어설까?"

우람이 먼저 일어서자 의외라는 듯 정숙과 나래도 따라 일어섰다.

"오늘밤부터는 마음 편하게 잠을 자고 공부에 전념을 다 해야지."

우람이 혼잣말처럼 중얼거리자 정숙이 또 물었다.

"왜, 오빠 편히 못 잤어?"

"그럼, 처음에는 고민을 많이 했었지. 성적도 뚝 떨어지고. 권 선생님이 여러 모로 위로를 했지만, 어디 그게 말같이 쉬운 일이니?"

"우람 오빠는 남자인대도 고민을 했어요?"

"누구나 자기 신상에 변화가 생기면 몸살을 앓게 되는 법이야."

"몸살? 그럼 사춘기 몸살이 고등학교 때까지 이어지는 걸까?"

"아이쿠, 이 아가씨, 또 순진한 척 하고 있네. 어쨌든 오빠, 우리 나래가 나영이 언니랑 오빠보다도 이번 일 때문에 더 고민하고 괴로워한 건 사실이야. 그것도 내가 증인이 되어줄 수 있다고."

정숙의 말에 다 같이 웃으며 선착장을 벗어나 지나가는 택시를 불러 세웠다.

다른 학교에 비해서 일주일이나 늦어진 방학이지만 아이들은 교문을 빠져 나오며 함성을 질렀다.
"와아! 해방이다, 야호!"
남학생들은 서로서로 몸으로 밀어붙이며 경쟁이라도 하듯 골목길을 달려 나갔다.
"야, 우리 내일 공원 안에 있는 축구장에서 만나자. 알았지?"
"암, 나가고말고. 오늘은 실컷 잠이나 자야지."
마치 한 학기 동안 못다 이룬 꿈들을 방학 한 달 동안에 전부 이루어 낼 것 같은 기세들이었다.
"아서라. 삼 일만 지나봐라. 모두 그게 그걸 테니까. 차라리 교정에서 펼친 꿈이 더욱 알찰걸?"
뒤에 따라가는 여학생들은 저희들끼리 하는 말이지만 앞에서 날뛰는 남학생들의 행동에 브레이크라도 거는 것 같았다.
"하여튼 이번 방학은 보충 수업도 없고, 소집일 하루만 학교에 나오면 되니까 크게 부담스럽지 않아 좋은 게지."
"맞아, 실컷 놀고, 먹고, 자고, 읽고 싶었던 책들을 구해 읽고 그렇게 딩굴딩굴 지내볼거나?"
"말이 좋다. 집에 들어가 봐라. 당장 내일부터 '공부 안 할래.', '학원 가거라', '고등학교가 문제가 아니다. 대학을 가려면' 하고 엄마, 아빠들이 달달 볶아댈 텐데?"
"그래, 그것이 문제로다!"

"하하하하!" "호호호호!"

나래네 반 아이들이 돌층계 아래쪽에 한 무리 떼를 지어 떠들어대고 있었다.

"우리 선생님 말씀대로 아무리 우리가 진학을 앞둔 3학년 학생들이라지만 아직은 중학생들이니까 너무 초조하게 생각할 필요는 없다고."

한솔이 분위기를 바꾸며 무엇인가 중요한 이야기를 할 것처럼 돌층계 위로 올라서며 말을 꺼냈다.

"개인적으로 사정이 있는 사람은 제외하고 뜻이 맞는 아이들끼리 시골에 가보자, 이 얘기야."

"너희들이 시골에 가서 무엇을 돕는다고 그러니? 오히려 짐만 된다. 너희들 밥해주랴. 이부자리 챙겨주랴. 그 바쁜 농촌 아줌마들이 서울 아가씨들 뒷바라지에 땀 뻘뻘 흘리겠다. 안 그러니?"

소라가 반대를 하며 나섰다.

"난 우리 큰아버지 댁에 다녀봐서 잘 안다. 그리고 너희들이 시골의 그 억센 모기를 어떻게 당해내겠다고 그래."

소라의 말에 아이들이 기가 꺾여 서로서로의 얼굴만 바라보고 서 있을 때였다.

"야, 좋은 생각이 떠올랐다! 박여옥이네 집으로 가는 거야. 우리의 호프, 촌뜨기 문학소녀네 집으로. 내 생각 어떠니?"

예은이가 여옥일 가리키며 새로운 발견이라도 해 낸 듯 수다스럽게 말했다.

그러자 아이들의 시선이 모두 여옥에게로 몰렸다.

"너희들 생각이 있는 거니? 없는 거니? 여옥이 남동생을 우리 병원으로 데려와 수술을 할 거라는 말, 내가 안 했던가?"

화연이 앞으로 나서며 예은일 혼내주듯 큰 소리로 말했다.

"참, 그렇구나."

예은이 미안하다는 얼굴로 입을 쭉 빼밀며 한 발 뒤로 물러섰다.

"그도 그렇지만 며칠 전에 우리 고모가 전화를 걸어왔는데 우리 집 어미소가 도망을 쳤대. 그래서."

"어? 어미소가 도망을 치다니?"

"내 동생을 서울로 데리고 오기 위해 여비를 마련하느라 송아지를 팔았는데, 며칠간 아무것도 안 먹고 울기만 하던 어미소가 풀밭에 묶어 놓은 말뚝을 뽑고 어디론가 도망을 쳤다는 거여. 그래서 난 내일 당장 시골로 내려가 보려고 하거든. 너희들과 함께 동행할 수가 없어."

"야, 그것 참 딱하다. 어쩔 수 없지 뭐. 우린 또 다른 아이디어를 생각해 봐야지."

기원이가 여옥일 밀어내듯 하며 아이들 쪽을 향하여 상의를 하려 하자 정숙이가 벌끈하며 나섰다.

"여옥이가 지금 여러 가지로 고민하고 있는데 모르는 체 하기냐? 안 들었으면 몰라도 우리 모두의 귀로 직접 듣고도?"

"그러면 우리가 어떻게 하자는 거야? 더욱이 시골에 있는 여옥이네 집안일을."

기원이 토라져서 돌층계로 가 주저앉자 정숙인 눈빛을 반짝거리며 아이들을 둘러보았다.

"친구 좋다는 게 뭐겠니? 이런 때 여옥에게 뭔가 도움이 될 만한 일이 없을까?"

정숙인 누군가의 입에서 좋은 의견이 나오길 기대하는 것 같았다.

"그렇다면 난 빠지겠다. 누차 말했지만 우리 아빠가 여옥이 동생의 눈을 치료해 보겠다고 하셨는데 내가 또 무얼 돕겠다고 나서겠니?"

화연인 더 이상 흥미 없다는 태도로 돌아서 버렸다.

"하지만 너의 아버지와 넌 달라. 어른들의 세계와 우리들의 세계는 엄연히 다른 거니까. 아버지가 부자라고 해서 그 자식이 꼭 부자란 법 없다. 부모가 가난하고 못 배운 집에서도 박사 학위 출신들이 펑펑 쏟아져 나오는 세상이니까."

"정숙이 너 시원스럽게 말 한번 잘했다. 맞아, 부모의 재신이나 명예를 내세워 잘난 체하는 꼴은 정말 못 봐 주겠더라고."

은주가 기다렸다는 듯이 화연일 흘겨보며 비아냥거리자 분위기는 이상한 쪽으로 흐르고 말았다.

"그럼, 미진이 때처럼 우리가 성금을 모아 볼까?"

한솔이 서먹해지는 분위기를 살려 보겠다는 의도로 말을 꺼냈다.

"애들아, 날 더 이상 괴롭히지 마라. 화연아, 너희 병원이 아니더라도 안과는 많아. 이제까지의 일은 없었던 것으로 하자구. 난 누가 뭐라 해도 혼자서 일어설 수 있어. 다만 내 동생의 눈을 좀 더 빨리 뜨게 해 주고 싶었는데. 괜찮아, 너희들이 걱정해 주지 않아도 된단 말이다!"

여옥이 울면서 그 자리를 떠나버렸다. 정숙이가 화연일 나무랐다.

"제 왜 저러니? 내가 무얼 잘못했다고?"

화연도 돌아서서 가 버렸다.

"정숙아, 흥분하지 마. 그리고 본인이 있는 데서 돕자고 한 건 우리들의 잘못이야."

드디어 나래가 작은 목소리로 말했다.

"정말 그래. 우리들이 너무 경솔했나 봐!"

아이들은 모두 고개를 끄떡이며 여옥과 화연이 달아난 쪽을 멍청히 바라보고만 서 있었다.

"너희들 왜 여기에 모여 있니?"

담임인 최경진 선생님이었다.

"선생님!"

아이들은 구세주를 만난 것처럼 선생님에게 달려들었다.

"너희들 왜 그래? 모두 시무룩해져 가지고. 무슨 일이 생긴 거야?"

선생님은 아이들 하나하나의 얼굴을 살펴보며 심상치 않은 분위기를 파악하려는 듯 캐물었다.

"아니에요. 국어 숙제가 너무 어려워서요."

말괄량이 지선이가 애교를 떨며 엉뚱한 말을 했기 때문에 아이들은 다 같이 까르르 웃었다.

"국어 숙제가?"

선생님은 숙제가 선뜻 떠오르지 않는 양 눈만 껌벅거렸다.

"시골 여행 말이에요. 마땅한 곳이 없어서요."

"오, 그걸 상의하고 있었구나. 왜들 외가나 큰집 또는 가까운 일가친척집을 찾으면 되지."

"그게 아니고요. 여럿이 함께 가서 농촌 일도 돕고 추억도 남기고 보람을 찾을 수 있는 기회를 마련하고 싶거든요."

한솔이 금방 떠올린 말이었지만 하나도 틀림이 없었다. 아이들 모두의 생각은 그런 것이었기 때문이다.

"그래? 말이라도 기특하기 짝이 없는 걸?"

"그런데, 마땅하게 찾아갈 집이 없어요. 누가 우리 같은 말괄량이들을 반겨주겠어요? 오히려 짐만 될 것 같고."

선생님은 빙그레 웃으며 고개만 끄덕이었다.

"참 선생님, 여옥이네 어미소가 달아났대요. 우린 여옥이네 시골집을 가고 싶었는데."

3. 시골 여행의 꿈

"선생님, 제가 공연히 화연이의 기분을 건드렸어요. 만일 여옥이 동생의 일이 잘못되면 그건 모두 저 때문이에요."

항상 당당하고 어른스럽기만 하던 정숙이가 어찌할 바를 몰라 했다.

"아니에요. 제가 더 나빴어요."

은주도 질세라 겁먹은 얼굴로 나섰다. 아이들의 이야길 대강 듣고 난 선생님은 아무렇지도 않게 웃으며 대답했다.

"알았어. 쓸데없는 걱정들 하지 말고 너희가 정히 시골에 가고 싶다면. 강나래! 몇 명이나 갈 수 있겠는지 알아보겠니? 비상 연락망으로 각 조장들을 통해서 알아보도록 해. 나중에 서운한 사람이 없어야 하니까 모두에게 연락해야만 돼. 이럴 줄 알았음 좀 더 일찍 알아보는 건데. 다들 그만 집으로 가야지?"

선생님은 앞장서서 저만큼 아랫길로 내려갔다. 아이들은 심각했던 문제가 너무나 쉽게 해결되는 것 같아 영문을 모르는 채 서로의 얼굴만 바라볼 뿐이었다.

"참, 정숙아. 빨리 따라와. 선생님한테 말씀드려야지."

"응? 뭘 말이야?"

나래가 선생님을 부르며 달려가자 정숙이도 아이들에게 손을 흔들어 보이며 뒤를 따랐다.

"선생님, 저어. 장미진이 엄마를 보았어요."

"장미진이 엄마?"

"네에, 맞아요. 나래네 언니 입원한 병원에서."

정숙이가 맞장구를 치며 대답하자 담임 선생님의 두 눈이 휘둥그래졌다.

"너희들이 어떻게 알지?"

나래와 정숙이 병원에서 있었던 일을 자초지종 번갈아 가며 털어놓았다.

"식당에서 일하고 있었어요. 아무에게도 말하지 말라 했는데."

나래는 미진이 엄마와의 약속을 어기는 것 같아 한편으론 꺼림칙하였다.

"그렇다면 오늘 당장 나하고 같이 가자. 그렇지 않아도 네 언니한테 한 번쯤 더 가보려고 하던 참이었는데 겸사겸사 잘 되었구나."

'쇠뿔도 단김에 뽑는다.'는 선생님의 성미를 모르는 건 아니었지만 나래와 정숙이 당황하지 않을 수 없었다.

"미진이 엄마가 우릴 혼낼 텐데."

정숙이도 자신이 없다는 표정으로 선생님의 눈치만 살폈다.

"여옥이네 어미소 이야길 못 들었니? 짐승도 자식을 잃으면 말뚝을 뽑고 찾아 나서는데 하물며 어린 자식들을 둔 어머니가. 사정이야 딱하겠지만 우선 함께 살도록 해야 돼!"

생각도 안 하고 불쑥 말을 꺼낸 나래로서는 더 이상 할 말이 없었다. 그림자처럼 쫓아다니는 정숙도 하는 수 없이 선생님과 함께 A병원으로 가야만 했다.

나래와 정숙이, 그리고 선생님은 먼저 언니의 병실에 들러 문병을 한 뒤에 병원 아래층에 있는 식당으로 갔다. 나래 어머니와 선생님은 따로 무슨 이야긴가를 심각하게 나누었지만 무슨 내용인지는 알 수가 없었다.

"저기 저 아주머니예요."

정숙이가 식당에서 바쁘게 일하는 아주머니들 속에서 미진의 어머니를 발견하고 선생님에게 귀엣말로 전해 주었다.

"네가 가서 불러 오렴!"

선생님의 명령이라 거절할 수가 없었다. 나래가 아주머니의 치맛자락을 흔들어 밖에서 선생님이 면회를 하자고 전하자 미진이 어머니는 소스라치게 놀랐다.

"안녕하세요. 미진이 담임입니다. 저쪽으로 가서 이야기를."

선생님이 미진이 어머니와 동편 휴게실 쪽으로 가려 할 때 나래와 정숙이 고개도 제대로 들지 못한 채 도망이라도 치듯 언니가 있는 병실로 돌아왔다.

"엄마, 내가 잘못한 건 아니겠지요? 선생님께 미진 엄마를 알려드린 것 말이에요."

"잘못하긴, 오히려 잘한 일이지. 정숙아, 지난번에 왔을 때는 내가 너무 섭섭하게 대했었지? 줄곧 병원 안에만 있다 보니까 어느 땐 나도 모르게 짜증이 나더구나. 이해할 수 있지?"

나래 어머니는 정숙에게 음료수를 권하며 상냥하게 말을 건네었다. 정숙인 빙그레 웃으며 고개만 끄떡였다. 나래 어머닌 우람과 나래 언니 때문에 속상했다는 말은 절대로 할 분이 아니다. 정숙인 그러한 나래 어머니가 좋았다.

"아, 그래 미진이란 아이가 등록금도 못 냈다면서, 담임 선생님이 대신 내줄 정도로 그렇게 곤란한 가정이었니? 나래 저 녀석은 묻는 말이나 대답을 할까 3학년에 와서는 통 말이 없어져서."

나래 어머니는 정숙일 붙들어 놓고 이것저것을 알아보려고 하였다. 정숙이도 놀랐겠지만 언니의 잠든 얼굴을 바라보며 시치미를 뚝 떼고 있던 나래는 가슴이 뭉클하였다.

'우리 선생님이 미진이의 밀린 등록금을 대신 내주었구나. 역시 우리 선생님은 남다른 길을 외롭게 걷고 있는 분이야.'

이런저런 생각을 하고 있을 때 선생님이 노크를 하며 들어왔다.

"어떻게 됐어?"

나래 어머니가 더 궁금해하며 물었다.

"응, 쉽게 돌아갈 생각은 없나봐. 하지만 어린 아이들이 보고 싶다고 흐느끼는 걸 보니까 일단 만나도록 주선을 해야겠어. 그 동안 적금을 부어 왔는데 그걸 다 넣을 때까지는 절대로 집에 돌아가지 않겠다는 결심을 단단히 했던 것 같아."

"그렇다고 아이들 등록금 걱정도 안 하는 엄마가 어디 있니?"

나래 어머니의 말에 선생님은 '쉿!' 하면서 손가락을 입술에 갖다 대었다.

"저희들도 도울 일이 없을까요? 미진이에게 가서 알리고요."

"아니야, 이제부턴 그 일일랑 내가 알아서 잘 되도록 할 테니. 너희들은 걱정하지 말고 공부나 열심히 하렴."

선생님은 정숙의 머리를 쓰다듬어주며 보안경 너머로 흐뭇한 미소를 보냈었다.

"참, 나래와 반 아이들 몇 명이 시골에 가고 싶어 하는데 나래 모친의 생각은 어때?"

선생님은 고등학교 동창생으로 돌아가 나래 어머니에게 농담을 섞어가며 허물없이 말을 건넸다.

"시골에? 왜?"

"이 아주머니 좀 봐! 왜라니? 모처럼 여름 방학이 됐으니까 기분 전환도 할 겸 시골의 정서를 맛보려고 하는 게지. 벌써 사모님은 시골을 잊고 계시진 않으신지요?"

선생님의 유머 섞인 말씨에 나래와 정숙이가 하하하 웃었다.

"저희들끼리 간단 말이야? 어디로?"

"걱정 마, 내가 인솔을 할 테니까. 어차피 시골에 가서 데려와야 할 아이도 있고 해서 내가 가기로 했어. 길어 봤자 2박 3일이야."

"데려와야 할 아이? 혹시 시골에서 중.고등학교에 다닌다는 남자아이 둘 말이니? 네가 양부모 노릇을 한다는."

"아니."

선생님은 살짝 웃으며 도리질을 했다.

"정말 알 수 없는 노처녀야. 그건 그렇고. 우리 나래, 요즈음 공부를 안 해서 탈인데 고등학교에 가려면 학원이라도 보내야 되지 않을까? 그리고 저희 언니도 이렇게 아파 누워 있는데."

나래 어머니는 나래를 곁눈질해서 바라본 뒤 엄살을 부리듯 선생님에게 조언을 바라는 듯했다.

"요즈음 엄마들의 극성을 어떻게 막을 수 있겠니? 학교에서 등수 안에 드는 아이가 고등학교에 못 들어갈까 봐서? 최근에는 실업고등학교를 선호하는 경향이 많아져서 누구나 다 고등학교엔 진학할 수 있어. 아이들에게도 숨쉴 틈을 주어야지. 억지로 밀어붙이면 역효과만 날 뿐이라고."

"맞아요, 엄마. 우리 나래 시골 구경 좀 하고 오도록 보내주세요. 든든한 보호자까지 계시는데."

잠이 든 줄만 알았던 언니가 눈을 뜨며 말참견을 했다.

"언니, 좀 어때?"

"많이 좋아졌어. 나 일어서서 걸어볼까?"

"무리하지 마. 천천히 시간이 가면 원상태로 돌아갈 수 있을 테니까."

언니가 일어서려는 것을 선생님이 말렸다.

"엄마, 시골 여행 승낙하시는 거죠?"

나래는 선생님 앞에서 확실하게 대답을 받아내기 위해 기회를 놓치지 않았다.

"시골에 다녀온 지도 퍽 오래 되었구나. 하여튼 네가 부럽다. 아니 우리 나래네 선생님이."

엄마는 금방 소녀처럼 눈을 가늘게 뜨고 어린 시절의 추억을 더듬는 것 같았다.

"됐다. 어서 돌아가자."

선생님은 할 일이 많아서인지 나래 엄마의 기분에는 아랑곳없이 병실에서 나왔다. 나래와 정숙이도 따라 나섰다.

"수고해라. 더운데 고생이 많다."

"네가 더 힘들겠지. 어린 애들을 데리고 여행한다는 게 어디 쉬운 일이야?"

금방 헤어질 것 같던 두 어른은 엘리베이터 앞에서 또 무슨 말인가를 계속 주고받았다.

"내려갑시다. 타실 분은 빨리 오르십시오."

나래가 들뜬 기분으로 엘리베이터 걸처럼 소리를 쳤다.

"그래. 잘 가! 나래야, 내일 아침 일찍 내가 집에 들를게."

"엄마, 우리 방학했어요. 도시락 반찬 걱정은 안 해도 돼요."

엄마의 웃는 얼굴이 엘리베이터 문틈으로 사라지자 선생님은 나래에게 눈길을 주며 의미 있게 웃었다.

"강나래! 지금도 본인이 불행한 아이라고 생각하는가?"

선생님은 뜻밖의 질문으로 나래를 당황하게 만들었다. 꼭 재판관이 죄인에게 심문하는 것과도 같았다. 그러고 보니 언젠가 긴고랑 미진이 집을 다녀오며 선생님 앞에서 함부로 내뱉었던 말이 생각났다.

"부자라고 다 행복한 건 아니야. 난 진희 너보다도 더 불행한 아이인지도 몰라."

그 때 선생님은 의아해 하면서도 더 이상 묻지도 아는 체도 하지 않았었다. 그런데 이제껏 그 때 일을 기억하고 있지 않은가? 나래는 무서우리만큼 자상한 담임 선생님을 똑바로 쳐다볼 수가 없었다.

"아니에요. 선생님, 전 누구보다도 행복한 걸요."

"그래, 이 철부지 아가씨야. 나영 언니와 우람에게 잘 대해줘야 해!"

"네, 선생님!"

나래는 미안해하며 싱긋이 웃었다.

"그런데, 권 선생님이 선생님의 제자란 소문 진짜인가요?"

정숙이가 화제를 돌리며 물었다. 선생님은 대답 대신 고개를 끄덕였다.

"그럼 나도 커서 이 다음에 선생님이나 될까? 훌륭한 제자들이 여기저기에서 의젓하게 버티고 있다는 거, 생각만 해도 기분이 좋지 않아요?"

"글쎄."

선생님의 대답이 조금은 애매한 것 같아 위를 올려다 본 나래와 정숙이 똑같이 눈을 마주쳤다. 건성으로 보아 왔던 선생님의 머리에도 보통 엄마들과 마찬가지로 하얀 머리카락이 하나 둘씩 섞여 있음을 발견하였다.

그런데 막상 시골을 향해 떠나기로 한 아이들은 겨우 아홉 명뿐이었다. 그렇게도 가고 싶다고 떠들어대던 한솔과 기원인 부모의 성화에 못 이겨 한 달 코스인 스파르타식 기숙 학원에 들어가야만 했고,

피서철 외에는 시골에 가서 머문 적이 없다던 영실과 소연이도 제각기 무용과 피아노 개인 레슨 때문에 갈 수가 없다고 했다. 다른 아이들도 방학 중에 떨어진 과목을 보충해야 한다는 일반적인 여론에 못이겨 방학 특강을 부르짖는 학원에 대부분 등록을 하고 말았다. 수원이처럼 놀기 좋아하는 아이도 삼일간의 휴가를 내지 못하여 발을 동동 굴렀지만 하는 수 없었다. 더욱이 부모의 흔쾌한 승낙이 없는 아이는 절대로 데려갈 수 없다는 최경진 선생님의 고집스런 말에 맞추다 보니 처음부터 예상 인원을 많게는 잡지 못했다. 미진과 은주처럼 가정 사정으로 떠나지 못하는 아이들은 어쩔 수 없다지만 공부에 매여 보이지 않는 새장 안에 갇혀있는 친구들이 여간 안타깝기 짝이 없었다. 선생님의 지시에 따라 배낭에다 침구와 트레이닝, 세면도구 등을 챙겨놓은 아이들이 가벼운 차림으로 학교 아래 돌층계가 있는 곳으로 모여들었다.

"다들 모였니? 그럼 떠나도록 할까? 기차역까지는 버스를 타야겠지?"

선생님도 여느 때와 달리 바지에다 티셔츠 차림에 멋진 모자까지 쓰고 나와 아이들의 환호를 받았다.

"가만있어라. 누군가가 빠진 것 같다. 한 명이 부족한데?"

나래는 아이들의 명단을 꺼내어 한 사람씩 확인했다.

"마정숙, 한현희, 이지선, 정예은, 허소라, 김진희, 민호숙 그리고 나, 참 선생님. 화연이가 아직 안 나왔어요."

나래의 말에 아이들은 고개를 끄덕이며 조금 더 기다리자고 했다. 그러나 20분이 지나도록 화연인 나타나지 않았다.

"웬일일까? 화연이 어머님이 전화까지 하면서 꼭 데리고 가라 하셨는데."

선생님이 고개를 갸웃거리자 정숙이가 나래에게 화연이네 전화번호를 물었다.

"제가 전화를 해 보고 오겠어요."

정숙이가 공중전화로 통화를 하는 동안 아이들은 떠들면서 어젯밤 설레어서 잠못 이루었던 이야기로 꽃을 피웠다.

"선생님, 화연이 이제서 출발한대요. 갈까 말까 망설이고 있었는데, 제가 전화를 주어서 고맙다나 어쩐다나, 도대체 이해할 수 없는 아이야."

"아냐, 여옥이네 집을 들러 온다고 하니까 열없어서 망설인 걸 거야. 네가 전화해 주길 잘 했어."

나래는 그럴 듯한 해명에 아이들은 누구 한 사람 짜증내지 않고 돌층계에 걸터앉아 화연이가 나타나기를 기다렸다.

4. 별을 헤는 밤

　이윽고 화연이가 배낭을 메고 나타나자 아이들은 기립 박수를 하며 환영했다.
　"미안해! 많이 기다렸지? 선생님 죄송해요."
　"괜찮아, 사람이 살아가는 데는 기다리는 연습이란 것도 필요하거든!"
　화연과 정숙인 항상 의견 대립으로 맞서는가 하면 금방 화해도 잘 했다.
　"그럼 출발이다, 야호!"
　현희가 씩씩한 걸음걸이로 앞장을 섰다. 버스에서 내려 기차역에 도착하자마자 선생님은 시계를 보며 표 파는 곳으로 달려갔다.

담임 선생님은 빈틈이 없었다. 어느 틈에 예약을 해 놓았는지 아이들은 별로 기다리지도 않고 기차에 오를 수 있었다. 기차 안에는 등산복 차림의 어른들과 대학생들로 보이는 언니 오빠들이 많았다. 휴가철이서인지 부모들과 함께 여행을 떠나는 초등학생들 그리고 나이 어린 아이들이 차창 밖을 내다보며 시종일관 떠들썩했다. 기차가 시내를 벗어나면서부터 나래도 아이들도 하나같이 아름다운 자연 경치에 반해 돌아가며 감탄사를 연발하였다.

"히야! 우리나라가 이렇게 아름다운 줄 예전엔 미처 몰랐어요."

소라가 김소월의 시구에 맞춰 한마디 하자 정숙인 금세 '엄마야, 누나야, 강변 살자'를 큰 소리로 읊어댔다. 잇따라 호숙이가 '진달래 먹고 물장구 치고 다람쥐 쫓던 어린 시절' 하면서 노래를 부르자 아이들은 다 함께 제창을 하였다.

짙푸른 녹음으로 울창한 숲과 숲, 첩첩이 둘러싸인 산속에서 계곡을 따라 줄달음치고 있는 맑은 물, 이따금씩 스쳐가는 그림 같은 작은 마을들, 아이들은 선생님을 따라 기차 여행을 하게 된 것이 얼마나 잘한 일인지를 말로는 표현할 길이 없었다. '나의 살던 고향은 꽃피는 산골' 학생들이 손뼉을 쳐가며 부르는 노랫소리가 그다지 시끄럽거나 밉진 않은지 기차 안의 모든 사람들은 대부분 이쪽을 바라보며 흐뭇하게 웃고 있을 뿐 조용히 하라는 말은 하지 않았다.

"너희 언니가 다치지만 않았으면 윤희랑 함께 왔음 얼마나 좋았겠니?"

"네? 윤희가 누구예요?"

아이들이 계속해서 메들리로 노래를 부르고 있는 동안 선생님이 곁에 앉은 나래에게 말을 붙인 것이다.

"기윤희 말이다. 너희 엄마, 그 깍쟁이하고 여행을 다니던 때가 좋았었는데."

"어머나, 난 다른 사람 이야긴 줄 알았어요."

갑자기 사색에 잠겨 소녀처럼 우울해하는 선생님을 보고 나래는 까르르 웃지 않을 수 없었다.

"선생님, 궁금한 게 꼭 한 가지 있는데 말씀 드려도 될까요?"

나래는 기회는 이때다 싶어 선생님의 기분을 헤아리며 조심스레 물었다.

"응, 무언데?"

선생님은 고개는 그대로 얼굴을 창밖으로 향한 채 무엇이든 물어 보라는 태도였다.

"선생님은 왜 지금까지 결혼하지 않으셨어요?"

선생님은 대답 대신에 빙그레 웃어버렸다. 그리고는 냇가에서 물장구를 치며 놀고 있는 아이들 속에서 이쪽 기차를 향하여 손을 흔들어주고 있는 아이들에게 답례라도 하듯 손을 내저었다. 나래는 공연한 질문을 한 자신이 부끄러워 저쪽 편 자리에서 카드놀이를 하고 있는 어린아이들 쪽으로 시선을 돌렸다.

"나래야, 선생님은 어릴 때 아주 가난한 환경에서 자랐단다. 6·25 때 아버지를 잃고 홀어머니 밑에서 어렵게 학교를 다녔어. 그래서 난 어른이 되면 불쌍한 사람들을 위해서 자선 사업을 하며 일생을 보내리라 마음먹었지. 그게 희망이었어. 결혼 같은 건 생각지도 않았고. 한때는 남쪽의 작은 섬에 들어가 초등학교 어린이들도 가르쳤는데 여러 가지로 조건이 맞지 않아서, 아니 조건이 아니라 내가 인내심이 부족한 탓으로 뭍으로 나오고 말았단다. 하지만 너희들을 가르치게 된 것도 다 하느님의 뜻이 아니겠니? 너를 통해서 나와 가장 단짝이 며 라이벌이었던 윤희도 만날 수 있게 되었고."

"엄마도 선생님과 똑같은 말씀을 하셨어요. 아주 친했으면서도 항상 경쟁자였다고."

"그래, 너희 엄마는 어렸을 때부터 인물이 뛰어나고, 머리도 좋고 또 집안도 알아주는 부자이었으니까. 내가 샘이 나지 않았겠니? 항상 부러워하던 친구였단다. 학창 시절에 글도 잘 쓰더니. 한마디로 멋진 친구야."

"그런데 우리 엄만 선생님을 더 부러워하잖아요?"

"사람이란 만족이 없어서 그래. 항상 남의 떡이 더 크게 보이니까."

"맞아요, 선생님. 사람의 욕심이란 게."

"선생님, 목 좀 축여주세요! 아이, 목 아파!"

고래고래 소리치며 노래를 부르던 진희가 기차 안에서 음료수와 과자 등을 팔며 지나가는 아저씨를 보자 선생님에게 마실 것을 사달라고 조르는 것이었다.

"그래라. 아저씨, 여기."

선생님은 아이들의 머릿수만큼 음료수를 사서 나누어주었다.

"그런데, 선생님. 오늘 도착지는 어디예요? 지금까지 말씀을 안 하셨지 않아요?"

아이들이 음료수를 마시느라 조용해진 틈을 타서 나래는 또 궁금한 것이 남았다며 묻는 것이었다.

"응, 가보면 알겠지만 우리 노모가 가꾸고 계시는 과수원이 있거든. 그리 넓진 않지만 너희들이 좋아하는 과일나무들이 많아."

"와아! 선생님, 과수원에 가는 거예요?"

앞자리에서 두 사람의 이야기를 듣고 있던 화연이가 벌떡 일어서며 좋아했다. 그 말에 다른 아이들도 '와아!' 함성을 지르며 손뼉을 쳤다. 그리고 어디서 금세 '과수원 길' 노래가 누군가의 입에선가 흘러나오자 아이들은 아까처럼 합창을 하였다. 나래와 선생님도 함께 불렀고, 대학생들, 초등학생들 할 것 없이 주위의 많은 사람들이 따라 불렀다. 노래를 부르다가도 한 사람이 차창 밖을 내다보며 소리치면 아이들은 다시 아름다운 바깥 경치에 넋을 잃곤 하였다.

"선생님, 저기 까맣게 늘어 세워 놓은 것이 무엇이에요?"

"응, 저건 인삼밭이란다. 그리고 그 아래엔 원두막이구나. 수박밭과 참외밭을 지키기 위해 지어놓은."

"정말 그림 같은 풍경들이다. 내 배낭 속에 카메라가 있는데."

"이따가 차에서 내린 다음에 찍어도 충분해! 신기한 곳이 어디 한두 군데니?"

현희가 카메라를 찾겠다고 일어서자 정숙이가 말렸다.

"어머나, 저 넓은 들판 좀 봐! 마치 초록빛 융단을 깔아 놓은 것 같구나!"

"여기부터가 호남평야란다. 우리나라 제일의 곡창 지대야."

나래의 말에 선생님이 설명을 하자 아이들은 모두 밖을 내다보았다. 아닌 게 아니라 넓게 펼쳐진 논에서는 줄을 지어선 벼포기가 이따금씩 스쳐가는 바람에 푸른 이파리들을 살랑거리며 춤을 추고 있었다.

"저기 밭에 심어진 것은 무엇일까요?"

"응, 그건 콩밭이야. 그 사이 우뚝우뚝 자란 식물들은 옥수수고."

"야, 바다에서만 파도가 치는 줄 알았는데 들판에서도 푸른 물결의 파도가 치는데?"

예은이 말하는 소리를 듣고 노래를 좋아하는 호숙인 또 흥얼흥얼 콧노래를 불렀다.

"다음 정거장에서 내리는 거다. 모두 자기 짐들을 잘 챙겨들고 내릴 준비를 해!"

거의 네 시간쯤은 기차를 탔나보다. 선생님은 다시 버스를 타게 한 뒤 조금 더 들어 간 곳에서 내리게 했다.

나지막한 야산 옆에 과수원이 있었다.

"야! 포도밭이다. 어머나, 포도송이가 주렁주렁 열려 있잖아."

"아이들은 꼬불꼬불한 밭둑길을 따라 걸으면서 모두 다 싱글벙글 신이 나 있었다.

포도밭 옆에는 민속촌에서나 볼 수 있는 아담한 초가집이 한 채 자리하고 있었다.

"어머니, 저 왔어요!"

선생님은 어린애 모양 울먹이며 집안에다 대고 어머니를 불렀다.

"어이구, 어서들 오너라. 내려오느라 고생들 많았지?"

머리에 수건을 두르고 포도밭에서 나오는 할머니가 선생님의 어머니였다. 키가 작달막하면서 곱게 늙으신 할머니는 아이들 한 사람 한 사람의 손을 모두 잡아주며 와주어서 고맙다고 했다.

"저쪽 우물가에 가서 손을 씻고 점심 먹어야지. 내 일찍 준비해 놓고 기다리다가 먼저 익은 포도를 골라 따오느라고."

할머니는 광주리에 든 포도를 들고 우물가로 갔다.

"할머니, 저희가 도와드리겠어요."

부지런한 지선이가 달려가자 아이들은 우르르 몰려가 손도 씻고 포도도 함께 씻었다.

"야, 이렇게 시원한 물은 처음 먹어본다."

"이게 바로 무공해 생수가 아니냐?"

아이들은 수도 장치가 되어 있는 수도꼭지는 제쳐놓고 두레박으로 우물물을 길어 올리며 모두 즐거워했다.

"자, 이리로 와서 둘러앉아. 시장하지? 찬도 없는데."

할머니는 평상 위에 밥상을 차려 놓았다. 과수원 일을 돕는 아주머니가 함께 거들며 친절히 대해 주었다.

"이게 모두 무공해 음식들이다. 맛있게들 먹어. 너희들이 보람 있는 일을 하고자 했으니 오늘은 푹 쉬고 내일과 모레는 여기 과수원에서 힘든 작업을 하게 할 거야."

"선생님, 무슨 일인데요?"

아이들은 나물 무침과 두부찌개 등 음식을 가리지 않고 골고루 먹어가며 서로서로 윙크를 했다.

"응, 그러니까 사과, 배, 복숭아 등 어린 과일 열매에 종이를 씌워주는 일을 할 건데, 마침 일손도 모자랄 판에 잘 됐지요? 엄마!"

선생님은 식사를 하는 도중에도 그리운 어머니를 오랜만에 만나서인지 자꾸만 응석을 부리는 듯 했다.

"선생님도 방금 할머니더러 엄마라고 했다. 그지?"

짓궂은 현희의 말에 아이들은 모두 한바탕 킥킥 웃어댔다.

"내가 그랬니? 어머니라고 부른 것 같은데. 누가 맨 먼저 지어낸 낱말인진 몰라도 부르면 부를수록 새록새록 정답고 그리운 그 이름은 어머니라는 단어야, 그 이상 좋은 말은 없을 거야."

"어른도 하는 수 없구나. 선생님이 그러시니까 갑자기 집에 계신 우리 엄마가 보고 싶어져요."

"아니, 벌써!"

소라가 입을 쭉 빼며 말하자 아이들이 놀려댔지만 제각기 머릿속에는 자신들의 어머니를 떠올리고 있었다.

포도알을 따 먹으며 이육사의 '청포도'를 외우는 아이들에게 할머니는 번갈아가며 부채질을 해 주었다.

"참, 밤이 되면 모기가 많을 텐데, 김 서방 더러 모깃불 피울 준비를 해 놓으라고 일러야지."

"네, 알겠습니다."

아주머니가 대답을 하며 사과밭쪽으로 가자 정숙이가 물었다.

"할머니, 사과밭에 누가 있나요?"

"그럼, 일꾼이 있어야 과수원을 운영하지. 저 사과밭 건너편에 김 서방네랑, 황 서방네랑 살고 있지."

할머니는 아이들의 질문 하나하나를 모두 받아 대답해 주었다.

"자, 오늘밤은 마당에다 멍석을 깔아 놓고 여름밤의 별을 헤아리는 거다. 새벽녘에 추워지면 방으로 들어가더라도."

선생님은 마치 극본에 따라 연출을 하듯 삼일 동안의 일정을 모두

짜 놓고 실행하는 것 같았다. 밤이 되자 아이들은 시골의 여름밤이 주는 정서를 물씬 느끼며 시간 가는 줄 몰랐다.

"자, 나를 따라 헤아려 보렴. 별 하나 꽁꽁, 별 둘 꽁꽁, 별 셋 꽁꽁……."

"선생님, 꽁꽁이 뭐에요? 총총이 아닐까요?"

따지기 좋아하는 화연이 가만히 있질 않았다.

"이런 건 지방마다 전해 내려오는 대로가 좋아. 내 어린 시절의 추억을 너희들에게 그대로 전하고 싶거든!"

"네, 좋아요. 선생님!"

아이들이 조르자 선생님은 숨을 쉬지 않고 가장 많이 헤아리는 사람이 누구인지 내기를 시켰다. "별 하나 꽁꽁, 별 둘 꽁꽁, 별 셋 꽁꽁……."

자신 있다던 예은은 열을 넘어서부터는 더듬거리며 세질 못했다. 진희가 스물두 개로 가장 많이 외우는 줄 알았는데 호숙이가 단숨에 '별 스물셋 꽁꽁'하고 숨을 들이키자 아이들은 모두 박수를 보냈다.

"이번엔 별 하나 꽁꽁, 나 하나 꽁꽁, 별 둘 꽁꽁, 나 둘 꽁꽁……, 이렇게 하는 거다."

"네, 제가 먼저 하겠어요."

지선이 나섰으나 중간에 가서는 별만 세고 말았다.

"이제 나를 따라 해 봐라. 별 하나 따서 구워서 불어서 구럭에 담고, 별 둘 따서 구워서 불어서 구럭에 담고……."

"와아, 재미있다. 할머니, 다시 한 번 외워 보세요."

금지옥엽 길러낸 따님이 결혼을 하지 않고 있으니 손자 손녀가 있을 리 만무한 할머니는 손녀들의 재롱을 보며 멍석 끝에 앉아서 천진스런 아기처럼 기뻐하는 것이었다. 저만치서 타고 있는 모깃불에서는 연기가 '풍풍' 솟아나와 이따금씩 아이들을 콜록거리게 했다.

"선생님, 저기 저 수많은 별들이 모여 있는 곳이 은하수인가 보죠?"

"그렇지. 하얗게 몰려 있지? 그 위로 북두칠성인데 저 끝에서 세 번째 별이 잘 안 보이는 사람은 눈이 나쁘단다."

"어디에요? 선생님!"

안경을 쓰고 다니는 소라가 확인이라도 하겠다는 듯 되물었다.

"저기 제일 크게 반짝거리는 건 북극성이고 그 아래쪽에 주걱 모양이 있잖아."

아이들이 하늘을 보며 손가락으로 별자리를 집고 있는 동안 정숙과 나래는 할머니 곁에 앉아 견우와 직녀 이야기를 실감나게 듣고 있었다.

"아니, 저게 뭐야? 금방 이리로 날아갔지?"

이야기를 듣던 나래가 깜짝 놀라며 묻자 할머니는 금방 "응, 저건 개똥벌레란 것이구먼." 하고 대답했다.

"하하하하! 개똥벌레요?"

정숙이가 웃는 바람에 아이들도 선생님도 모두 이쪽으로 귀를 기울였다.

"그래, 개똥벌레. 반딧불을 말하는 거란다. 대중가요도 있던데? '아무리 우겨봐도 어쩔 수 없네.'"

선생님이 선창을 하자 아이들은 또 기차 안에서처럼 합창을 하였다.

4. 별을 헤는 밤 49

"너희들 선생님, 그러니까 경진이 어렸을 적에는 저 개똥벌레를 잡아서 호박꽃 속에 넣어서 호박꽃 초롱을 만들어 가지고 잘도 놀았는데."

"호박꽃 초롱이요?"

"응. 호박꽃을 따서 그 속에 개똥벌레를 잡아넣으면 호박꽃 초롱이 되는 거야."

아이들은 할머니의 이야기마다에 호기심이 가득 담긴 눈빛으로 매달리며 경청을 하는 것이었다.

"자, 밤참을 먹어가면서 떠들라고."

김 씨네 아주머니는 햇감자와 삶은 옥수수를 한 광주리 담아가지고 왔다.

"어서들 부지런히 먹어봄세."

시골의 인심이 좋다는 말을 들었지만 실제로 겪을 기회가 없던 아이들은 금방 인정 넘치는 할머니와 아주머니와 친근해질 수 있었다.

"전에 경진이하고 동갑내기인 일남이란 녀석은 항상 경진이 할아비한테 혼나면서도 대나무에다 호박꽃 초롱을 줄줄이 매달아 가지고 와서는 우리 경진일 불러내곤 했었지 뭐냐?"

"할머니, 그럼 그 사람이 우리 선생님의 첫사랑이 아니었나요?"

"글쎄, 난 모르지. 어떤 사이었는지 말을 안 하니까."

"할머니 그 일남이라는 사람은 지금 어디에서 사는데요? 장가는 들었어요?"

"이 녀석들이, 무슨 '전설의 고향'에서 나오는 옛날 이야기라도 듣고 싶은 게지? 아무 것도 아닌 걸 가지고."

선생님이 웃으며 참견을 하자 누군가가 큰소리로 말했다.
"할머니, 무서운 귀신 이야기 좀 해 주세요!"
"어머나, 귀신!"
현희가 갑자기 소리치는 바람에 아이들은 편을 가르듯이 할머니와 선생님, 그리고 아주머니에게로 바짝 다가앉았다.
"귀신이 어디에 있다고 그런다냐?"
아주머니는 현희의 행동이 귀엽게만 보이는지 현희의 머리를 쓰다듬어 주며 말했다.
"저기서 무언가가 뚝 떨어졌다고요."
현희가 가리키는 곳은 정말로 새까만 어둠 속에서 커다란 나무가 흔들거리고 있었다.
"아니야, 저건 감나무라고. 아마도 풋감이 떨어지고 있나 보죠?"
선생님은 아주머니를 보며 자기의 짐작이 맞는지를 물어보았다.
"맞지라우. 감나무에 감이 너무 많이 달려서 일찌감치 떨어질 것들은 떨어져야 하고말고요."
"참, 내가 어렸을 때는 감꽃을 주워다가 꽃목걸이를 만들고, 토끼풀 꽃잎으로는 꽃반지도 만들었는데."
"선생님 댁은 처음부터 과수원을 가꾸셨어요?"
정숙이가 그냥은 못 있겠다는 듯 물어보자 할머니는 모깃불을 뒤척이고 와서 말을 꺼냈다.
"말로는 다 못하지. 내 고향은 경기도였는데. 전쟁 통에 경진 아비를 잃고 여기 전라도에 와서 줄곧 살았단다. 내 평생을 다해 일구어 놓은 밭에 내 손으로 과일나무들을 한쪽 구석에서부터 심고 또 심고

해서 이만큼 커졌지 뭐냐."
 할머니는 옛날 일을 회상이라도 하는 듯 눈을 지그시 감으며 천천히 말을 이어갔다.
 "그래, 저 과수원에 열린 과일들은 모두가 우리 어머님의 꿈들이란다. 과일들이 영글어갈 때마다 딸 하나 있는 것이 올해는 시집가나 하며 기대를 하곤 했었지."
 "알긴 아는구먼. 그런 사람이 왜 시집은 아니 가서 시골 할마이 가슴만 타게 하는감?"
 아주머니는 선생님을 나무라듯 말하면서도 손으로는 계속하여 강낭콩을 까고 있었다.
 "그러니까 네 친구 윤희를 만났다더니 지금 잘 지내고?"
 "네, 어머니. 이 아이가 바로 기윤희 딸이에요."
 선생님이 나래의 얼굴을 할머니 쪽으로 돌리게 하자 할머니는 깜짝 반가워하며 말했다.
 "그래야? 니 정말 엄마 꼭 닮았구먼. 에구머니, 저렇게 큰 딸을 두었구나."
 할머니는 금방 말끝을 흐리며 그만 들어가자며 일어섰다.
 "어머니가 이 과수원의 나무들을 열심히 가꾸듯 저는 여기 아이들을 위해 열심히 살고 있잖아요. 걱정 마세요. 엄마!"
 선생님은 또 어리광을 부리는 것처럼 할머니의 팔을 끼고 안방으로 들어갔다가 다시 나왔다.

5. 흙냄새를 맡으며

다음 날, 아침 일찍부터 아이들은 어른들을 따라서 과일나무 열매에 봉지 씌우기를 했다.

"왜 햇볕을 받도록 그냥 놔두지 않고 이렇게 어려운 작업을 하는 거죠?"

벌써 그늘 아래서 쉬고 있던 예은이가 김 씨 아저씨한테 물었다.

"그거야, 농약이 묻지 말라고 그러겠지, 뭘."

정숙이가 아는 체를 하자 사다리를 놓고 높은 가지의 열매를 씌우고 있던 아저씨가 천천히 아래로 내려오며 대답했다.

"그런 이유도 있겠지만 요즈음 도시 사람들은 과일을 고를 때 맛보다는 우선 빛깔이 좋은 것부터 고르지 않나? 그래서 이렇게 해서라도."

"봉지를 씌워 놓으면 색깔이 고와지나요?"

"그렇고말고. 사람이나 과일이나 다들 정성을 얼마나 쏟았느냐가 문젠기라. 아무래도 손길이 한 번 더 간 게 낫지 않겠남? 그리고 새들도 이리 씌어놓으면 과일을 쪼아먹지 못하지."

아저씨의 말에 아이들은 고개를 끄덕이었다.

"와아, 저기 포도밭 사이에 딸기 좀 보거라."

이미 철이 지났는데도 남아 있는 딸기들이 한 포기에 한두 개씩 빨갛게 매달려 아이들을 기다리고 있었다.

"그래, 새참 때가 되었제. 어서들 평상으로 가서 빈대떡을 먹어보랑게. 강냉이도 아직 많이 남아 있으니께."

김 씨 아저씨와 아주머니가 쓰고 있는 전라도 사투리가 이제는 별로 어색하지 않게 다가왔다. 아이들은 일하는 시간보다 쉬면서 먹는 시간이 더 많았다.

"자, 밤고구마다. 이건 달걀 고구마고."

그러고 보니 선생님이 뚝 잘라 보여주는 고구마의 색깔은 달걀의 노른자보다 더 진했다.

"아이고, 달고 맛있어라. 선생님, 이 달걀 고구마 몇 개만 서울로 가지고 가면 안 될까요?"

욕심이 많은 화연의 말에 할머니는 빙그레 웃으며 말했다.

"그럼, 얼마든지 있으니까 저기 광에서 달걀 고구마랑 마늘이랑 조금씩 담아 가지고 가라. 여길 떠날 때 말이다."

"아니다. 너희들이 직접 텃밭에 가서 고구마를 캐어보렴. 그래야 시골 흙냄새를 맛볼 수 있지. 저 풀밭의 싱그러움도 맛보며 오이와 가지도 따보고 말이야."

선생님은 매사에 교육적인 방향으로 아이들을 끌고 갔다. 살아 있는 현장 체험을 시키겠다고 벼르고 오신 것 같았다.

"어쨌든 이 흙냄새! 우리 집 이층 옥상 위에 있는 화분에다 이 흙을 갖다 넣어 줄까?"

"아서라, 아서! 차라리 짐꾼을 사 가지고 오지 그랬니? 시골 공기도 비닐봉지에 가득 담아가고, 생수도 유리병에 담아가고, 밤하늘의 별도 따서 가져가야 하지 않겠니?"

화연과 정숙이가 주고받는 말에 주위 사람들은 모두 재미있어 하며 깔깔깔 웃었다.

"그렇지만 시골 할머니의 넉넉한 마음은 어디에 담아가지?"

나래가 제법 어른스럽게 말하자 정숙이가 금방 재치 있게 답변했다.

"그야, 우리 선생님의 마음에 담아가면 되지. 우리들의 마음을 언제나 따스하게 감싸주시는 분!"

"으흑! 저 아첨!"

"얘들아, 그만 들어가서 눈을 붙이도록 하자꾸나. 벌써 새벽 한 시다."

선생님이 시계를 보며 말을 할 때 '앗, 따가워!' 호숙이가 자신의 종아리를 '탁!' 소리가 나도록 때리면서 소리쳤다.

"봐라, 모기들도 서울 아가씨들이라고 많이 봐주었구나. 그만 잠자리에 들라고 침을 놓는 게지."

그러고 보니, 저만치서 타고 있던 모깃불도 탈대로 다 타서 기운 없이 스러지고 있었다. 시골 밤은 너무도 적막했다.

아이들은 제각기 침낭을 걷어 가지고 선생님이 안내하는 방으로 들어갔다.

"별님들! 내일 밤에 다시 만나요!"

"확실히 문학소녀는 다르구나, 별들과 인사를 나누고."

나래의 뒤를 따라 들어오며 정숙이가 또 놀려댔다.

"오늘은 무슨 일을 도울까요?"

늦잠을 실컷 자고 일어나서 아침을 먹으며 아이들은 기대에 부푼 듯 떠들어댔다.

"응, 그러니까 귀한 집 따님들을 혹사시킬 순 없고. 시원한 참에 뒤뜰의 고추밭에 가서 붉게 익은 고추들을 골라 따게 한 뒤에."

"네, 그리고요?"

"그 다음엔 저쪽 산 아래 개울가로 가서 고기를 잡는 거야."

"야, 신나겠다. 그런데 고기를 못 잡으면 어떡하죠?"

진희가 걱정스럽게 말했다. 어제 사과에 종이 씌우기를 하면서도 줄곧 일이 서툴러서 열매를 여러 개 떨어뜨리며 울상을 지었기 때문이다.

"못 잡으면 큰일 나제!"

"네에? 정말이에요?"

할머니가 거들며 나서자 아이들은 순진스럽게도 모두들 눈이 휘둥그레졌다.

"이 맹추들, 우리더러 물놀이나 하면서 놀라는 이야기이지."

그래도 정숙이는 금방 눈치를 채고 선생님이 할 말을 대신 해주었다.

풀을 잘 매어 놓은 고추밭 이랑에 들어가 아이들은 각자 맡은 두렁의 고추들을 붉은 것만 골라 따서 바구니에 담았다. '찰칵!' 선생님은 어제처럼 작업을 하는 아이들의 모습을 사진기에 담고 있었다.

"선생님, 제 얼굴에 초점을 맞춰 주세요. 자요!"

아이들은 일이라기보다는 저마다 시골 여름의 정서를 만끽하며 추억 만들기에 여념이 없었다.

"여름 한낮의 땡볕을 받아먹고 붉게 익은 고추야, 태양을 닮아, 여름을 불사르고 한 송이 꽃처럼 피어났구나."

"어머나, 멋져! 선생님, 이리 좀 와 보세요. 나래의 입에서 아름다운 시구가 줄줄 흘러나와요."

예은이 옆에서 수다를 떠는 바람에 나래는 입을 꼭 다물어 버렸다.

"강나래! 좋은 글귀가 떠올랐으면 잊어버리기 전에 메모를 해 놓아야 한다. 알았지?"

선생님은 국어 수업 시간에 하는 말투로 웃어넘겼다.

"계속하라고, 어서!"

"아니야, 집에 가서 떠오르는 것만 적어도 돼. 정말이지 시골 출신 중에서 시인이 많이 나오는 이유를 알 것 같아. 주변에 있는 모든 것이 전부 다 글감이잖아?"

"그래? 그렇다면 나도 앞으로 문학가나 되어 볼까? 공기 맑고 흙냄새 풀 냄새 향긋한 언덕 위에 별장을 지어놓고."

"에구, 시끄럽다야. 정숙이 저 앤 꿈도 많아 좋겠다. 의사도 되겠다. 선생님도 되겠다. 대그룹의 회장님은 누구더러 하라고 이젠 문학가가 되겠다니?"

"화연이 저 앤 꼭 내 말꼬리를 물고 늘어진단 말이다. 너 나한테 진짜 유감 있어?"

"야, 그러다가 정말 싸우기라도 하겠다. 너희 둘은 원래부터 숙적이 아니던가?"

현희가 놀려대자 두 사람은 약속이나 한 듯 현희를 쫓아 달렸다.

"그래, 그쪽이다. 얘들아, 그만하고 날 따라오렴."

선생님은 나머지 아이들을 먼저 달려간 아이들 쪽으로 데리고 갔다.

"와, 시원한 시냇물!"

누가 시키지 않았어도 풍당풍당 신발을 벗어 던지고 뛰어들었다.

"이렇게 맑고 깨끗한 물은 또 난생 처음인걸!"

현희가 좋아서 소리치자 정숙과 화연이 손으로 물을 움켜서 현희에게 마구 뿌려댔다. 이윽고 물에 젖은 옷들을 말리기 위해 개울가 바윗돌에 앉아 있는 아이들에게 김 씨 아저씨가 커다란 수박 두 통을 가져다 주었다.

"서울에서 공부만 하고 있는 아이들이 어째 불쌍한 생각이 든다!"

소라가 한 마디 내뱉자 저마다 다투어 말하지 않는 아이가 없었다.

"선생님, 이번에 여길 안 왔었더라면 평생을 두고 후회했을 거예요."

"그러니까 어서 나한테 엎드려 큰 절을 해. 나만큼 널 생각해 주는 사람도 없을 테니까."
"그래, 고맙기만 하겠니? 자, 수박 한쪽 더 먹더라고!"
 정숙과 화연의 끊임없는 입씨름은 시종일관 아이들의 분위기를 더욱더 즐겁게 만들어주곤 하였다.

"할머니, 건강하세요. 그동안 고마웠어요."
"안녕히 계세요. 이 곳은 절대로 잊지 못할 거예요."
"아주머니, 아저씨. 감사합니다. 안녕히 계십시오."
 아이들은 선생님 댁 과수원을 떠나오면서 수없이 뒤돌아보고 또 돌아봤다.
"그려, 또 시간 내서 놀러 오라고야. 아무 때라도 좋은게."
"가서 공부들 잘 해야 혀! 이 다음에 훌륭한 사람이 되야제."
 할머니와 아주머니, 아저씨들도 논둑길에 서서 계속하여 손을 흔들어 주었다.
"어머니, 곧 내려올 테니 걱정 마시고 편히 계세요."
 선생님은 또 눈물을 글썽이며 자꾸만 한 걸음씩 더 걸어나오는 할머니를 못 잊어하는 것 같았다.
"자, 저기 오고 있는 버스에 올라타야 한다."
 선생님은 그래도 눈물을 감추고 냉정하게 뒤돌아서서 버스에 올라탔다.
"선생님, 이젠 어디로 가지요? 기차역으로 가서 서울로 가는 건가요?"
"벌써 집이 그립니? 아니야. 오늘 집에 가는 건 맞는 말이지만 한

군데 들를 곳이 있거든!"
"네? 어딘데요? 선생님."
"응, 다른 때 같으면 우리 아들 두 녀석을 보고 가야겠지만 다음 기회로 미루고, 오늘은 여옥이네 집을 거쳐서 가는 거야."
"네? 여옥이네요? 여기서 멀어요?"
"아니야, 그렇게 멀진 않아."
선생님이 호숙과 지선의 이야기를 주고받는 동안 뒤편에서는 아이들이 소곤거렸다.
"아들이 둘이나 있다고? 결혼도 안 했다면서 노처녀가?"
"언젠가 학년 초에도 아들이 둘씩이나 있다고 했어. 난 이름도 안 잊어 버렸다. 큰 아이가 손발이라고 했던가?"
"히익, 그럼 어떻게 된 거야?"
예은과 화연이 귀엣말로 소곤대자 나래는 나섰다.
"너희는 아직도 우리 선생님이 어떠한 분이신지 모르겠니? 그 두 아이는 선생님이 양육비며 교육비 등을 대어주고 있는 고아들이란다. 이젠 알겠니?"
자기 혼자만 알고 입 밖으로는 절대로 말하지 않으려 했는데 사태가 여기까지 진전되었으니 어쩔 수가 없지 않은가.
"여옥이 동생 눈을 수술하는 것도 화연이 너의 아빠께서 수고는 하시겠지만 모든 경비나 수술비는 선생님이 부담할 것 같았어."
"뭐라고? 아니야 그럴 리 없어. 알고 보면 우리 아빠도 얼마나 좋으신 분인데. 공연히 나 때문에 너희들이 오해를 했을 거야."
모처럼만에 화연이 매우 겸손하게 나오자 오히려 큰소리쳤던 나래가 입을 다물었다.

버스에서 내린 선생님은 주소가 적힌 종이를 들고 가까운 슈퍼마켓에 들렀다. 가는 길도 물어보고 여옥이네 집에 가지고 갈 선물도 샀다.

"저기 보이는 산모퉁일 돌아가면 여옥이네 마을이 있다는구나. 부지런히 걸어야겠다. 내가 미리 연락을 해놓았기 때문에 서울 갈 준비는 되어 있겠지만 해가 지기 전에 서울에 도착하려면 좀 바쁘겠지?"

선생님도 아이들도 배낭을 메고 땀을 뻘뻘 흘리면서 열심히 걸었다.

"어쩌면 저렇게도 아담한 마을이 있니? 하나 둘 셋 넷…"

"맞다. 커다란 소나무가 마을 옆에 서 있는 게 꼭 국어책에서 배운 '학마을' 같구나."

"그렇다면 이 마을이 소설 속에 나오는 배경이었을까?"

"야아, 알려면 확실히 알아라. '학마을'의 배경은 강원도 두메산골이었다고."

"그래, 누가 뭐랬니? 네 말이 맞다고."

화연과 정숙이 또 한바탕 일행을 웃겼다.

선생님은 논에서 피를 뽑고 있는 할아버지에게 여옥이네 집을 물었다.

"글쎄, 박 서방네를 찾나본디. 저어기 덕밑샘 옆에 있는 집이유."

할아버지가 가리키는 집은 한눈으로 보기에도 제일 초라했다.

"선생님, 덕밑샘이 뭐에요?"

"언덕 아래 파놓은 옹달샘을 두고 하는 말 같구나. 너희들이 먼저 가서 여옥일 불러내어라."

선생님의 말에 아이들은 우르르 동네 골목길을 거쳐 여옥이네 집으로 달려갔다.

"박여옥! 우리가 왔어. 박여옥!"

대문도 허름하기 짝이 없어 아이들은 그대로 밀고 마당으로 곧장 들어갈 수 있었다.

"이상하다. 아무도 없나? 내가 날짜를 정확히 적어 보냈는데."

뒤따라 들어온 선생님도 고개를 갸우뚱거렸다. 아이들이 시끄럽게 떠들어 대며 두리번거리고 있을 때 정숙이가 말했다.

"저쪽에 남자아이가 앉아 있어요, 저기요."

소리 나는 쪽으로 고개를 돌리고 앉아 있는 남자아이는 분명히 여옥의 남동생임에 틀림없었다.

"애야, 네 이름이 철이 맞지?"

선생님이 묻는 말에 아이는 대답을 하지 않았다.

"우린 서울에서 왔어. 네 누나 여옥이랑 친한 친구들이란다. 철아, 네 이름 맞지?"

나래가 다정하게 말하자 아이는 그제야 고개를 위아래로 끄덕이었다.

6. 돌아온 어미소

"그런데 너의 부모와 여옥이 누나는 어디 갔어?"

그러자 아이는 대답 대신에 자기가 앉아 있는 앞쪽을 손으로 가리켰다. 금방이라도 쓰러질 것 같은 외양간이었다. 아이들 중에는 외양간을 들여다보고 나서 코를 막거나 저만큼 도망쳐서 침을 '퉤퉤' 뱉는 아이도 있었다.

"아니, 외양간 안에 없잖아?"

정숙이가 일부러 그렇게 말하자 아이는 보이지 않는 눈을 두어 번 깜박거리고 나서 천천히 입을 열었다.

"소를 찾으러 읍내로 갔어요. 우리 어미소를 찾으러."

"응? 어미소를 찾으러 읍에 갔어? 언제? 돌아오려면 멀었니?"

"아니. 일찍 갔어요. 소를 찾으면 곧 올거에유."

"그랬어, 너 오늘 서울 가는 날인 줄 알고 있니?"

아이는 대답 대신 또 고개만 끄떡이었다.

"여옥이 소 이야길 꺼낸 게 언젠데 지금까지 잃은 소를 찾으러 다닌다니?"

"그러게 말이야. 보름도 지났는데."

아이들은 먼지가 가득 쌓여있는 마루에 걸터앉아서 심란한 표정들을 지었다. 그런데도 나래와 정숙인 아이 옆에 앉아서 이런 말 저런 말을 물어보며 계속 관심을 쏟았다.

"선생님, 오늘 아침에 여옥이네 잃은 소를 장터에서 봤다는 사람이 있었대요. 그래서 아침 일찍 달려갔나 봐요."

"어머나, 그랬다니? 정말 잘된 일이로구나!"

나래가 전하는 말을 듣고 아이들과 선생님은 하나같이 기뻐하며 마음을 놓고 기다리기로 했다. 선생님은 슈퍼마켓에서 사온 과자를 남자 아이의 손에 쥐어 주고 몇 가지 선물은 안으로 들여놓은 뒤 집 안을 한 바퀴 빙 둘러보고 돌아왔다.

"꼭 소를 찾았으면 좋겠구나."

아이들은 기다리다가 지쳐서 대문 밖으로 나와 큰길 쪽을 지켜보고 있었다.

"애들아, 우리 네잎클로버를 누가 먼저 찾는지 내기 할까? 아이들이 또 길섶에 있는 클로버 잎에 정신을 팔고 있을 때였다.

"음메에~"

소리 나는 쪽을 보니 여옥이 빠른 걸음으로 달려왔다. 커다란 소를 앞세우고 걸어오는 여옥의 부모는 땅에 젖은 옷차림이 꾀죄죄하게 보였으나 얼굴은 환하게 웃고 있었다.

"박여옥! 잘 있었니? 소를 찾은 거야? 축하한다."

아이들은 여옥이 있는 쪽으로 달려갔다.

"어떻게들 여기까지 찾아온 거냐?"

"선생님을 따라 왔지."

"선생님, 안녕하세유? 고맙습니다."

여옥이가 인사를 하고 자기 부모님께 선생님과 친구들을 소개하였다.

"정말 다행이군요. 잃었다던 어미소를 찾으셨다지요?"

선생님도 만면에 웃음을 띠며 인사를 했다.

"이게 다 걱정해 주신 선생님 덕분이지유. 아, 글씨, 내 사정이 딱하여 어린 새끼소를 팔아버렸더니 저 놈아가 미쳐서 도망을 쳤지 뭡니까?"

"네에, 짐승이나 사람이나 모성애는 똑같은가 봐요."

"며칠간을 이웃 동네까지, 산골짜기까지 다 찾아봐도 없더니만. 아, 글씨 오늘 새벽에 소장에 다녀온 동네 어른이 우리 소와 똑같은 소를 봤다지 뭡니까?"

"우리도 네 동생한테 들었어."

여옥이 아버지의 이야길 듣고 있던 아이들도 싱글벙글 함께 좋아했다.

"그리가지고 정신없이 달려가지 않았겠시유? 헌데 소를 팔러 나온 사람은 전혀 낯선 사람이었지유. 우리 소는 뿔 한쪽이 뭉뚝하게 잘라져 있어서 대번에 눈에 띄지 뭐에유."

여옥이 어머니도 말을 받아서 자세히 설명해 주었다. 아이들은 재미있는 옛날 이야기를 듣는 것처럼 침을 꼴깍꼴깍 삼키면서 그 다음 이야기를 기대했다.

"끝까지 잡아떼는 것을 우리 동네 사는 사람을 만나 증인으로 세웠지 않겠시유. 경찰도 오고 해가지고 설랑 우리가 이겼지 뭔가유."

그 말에 아이들은 '하하하' 웃으며 마치 스릴 있는 영화의 한 장면을 보는 것처럼 열광의 박수를 보내주었다.

"그 아저씨 정말 아주 나쁜 사람이다."

아이들이 소를 팔러온 사람을 공격하자 여옥이 아버지는 손을 흔들며 말했다.

"아니지. 도망가는 소를 잡아준 것도 고마운 일이고, 또 열흘 넘게 소를 먹여 주었으니 그냥 돌아오기가 정말 미안하더라구. 그래서 새끼소 판 돈에서 조금 주고 왔다니께."

과연 시골 사람들의 생각은 달랐다. 감옥에라도 넣어야 할 사람을 오히려 고맙게 생각하고 상대편의 입장에서 모든 것을 헤아릴 줄 아는 인정이 너무나도 소박하였다.

"그러면 서둘러서 상경할 준비를 하셔야죠. 해지기 전에 도착하려면."

"아이구머니, 그렇더라도 점심을 챙겨 먹고 가야지유. 내 빨리 준비할 테니 조금만 참더라구."

여옥 어머니가 말리는 바람에 선생님과 아이들은 여옥이네 집에서 점심을 먹고 다시 그 동네를 빠져 나왔다.

"철아, 잘 하고 와야 혀. 많은 사람들이 너를 위해서 도와주고 있으니께. 아파도 꾹 참고 꼭 눈을 뜨고 돌아와야 되는기여."

여옥이 어머니는 소 때문에 따라가지 못하고 남아 있어야 했다. 유달리 시골 사투리를 많이 쓰는 여옥이 어머니는 자꾸만 흘러내리는 눈물을 치맛자락으로 닦아내며 버스 타는 데까지 따라 나왔다.

"여옥아, 니가 바지런하게 동생 수발을 잘 해야 되어. 고모 말씀도 잘 듣고, 알았남?"

"알아요. 엄마, 그만 들어가세유. 내 철이 수술하고 나면 바로 연락할 테니께."

"그려, 내 집에서 찬물이라도 떠놓고 빌고 빌턴게. 우리 철이 눈을 꼭 뜨게 해달라고."

"어참, 그만 해두고 어서 들어가래두."

여옥이 아버지의 말꼬리를 감아쥐고 버스는 시골길을 덜커덩거리며 달렸다.

"철아, 기분 좋지? 지금 서울 가는 기여. 네 소원이 이루어진다 이거여!"

여옥인 동생 옆에 앉아서 계속 철이를 안심시키고 있었다. 그 모습은 마치 아름다운 영화의 한 장면 같았기에 아이들은 자기도 모르게 눈동자에 어리는 눈물들을 보이지 않으려고 모두 차창 밖으로 눈을 돌렸다.

"해외여행을 다녀온 사람들 말로도 우리나라처럼 아름답고 살기 좋은 나라는 그리 많지 않다더구나."

"그래, 맞아. 삼천리 금수강산이란 표현이 실감나지 않니?"

아이들은 재잘거리며 금세 바깥 풍경에 매료되어 한바탕 떠들어 댔다.
　얼마 후, 기차로 바꿔 탄 아이들은 내려갈 때와는 달리 대부분 조용하였다. 피곤하여 자는 아이도 있었지만 말로만 들어왔던 시골을 직접 가보고 며칠간 지내는 동안에 느꼈던 많은 것들이 시끄럽기만 하던 여자애들의 마음에 사색의 여유를 가져다주었는지도 모를 일이었다.

　서울역에 도착하자마자 몇몇 아이들은 공중전화로 달려갔다. 벌써부터 엄마, 아빠에게 응석을 부리며 승용차를 가지고 나와 데려가 달라는 아이도 있었다. 그러나 선생님은 그들에게 다시 전화를 하여 취소하게 한 뒤 다 같이 시내버스를 탔다. 학교가 보이는 동네 골목에 다 와서야 선생님은 한 사람 한 사람의 손을 잡아 주며 집으로 돌려보냈다. 여옥인 아버지와 동생과 함께 고모 댁에서 잠을 잔 후 내일 다시 병원에서 만나기로 하였다.
　"선생님, 고맙습니다. 안녕히 가세요."
　학기 초에 그렇게도 무섭고 엄하게만 느껴졌던 선생님이 이토록 다사롭고 정다울 줄은 아무도 몰랐었다. 나래와 정숙이 뒤돌아보며 걸어가고 있는 선생님의 모습이 보이지 않을 때까지 골목길에 서서 손을 흔들어 주었다.
　"정말 즐겁고 보람찬 여름 방학이었어."
　"응, 시골에 가길 참 잘한 것 같아. 먼 훗날까지 우리들의 추억으로 길이길이 남을 거야."
　정숙과 나래는 헤어지기 싫은 연인처럼 두 손을 꼭 잡고 서로의 눈동자를 바라보며 한동안 잠자코 서 있었다.

"띵동!"
"누구세요? 나래니?"
 엄마의 목소리였다. 어쩌면 언니의 병실에 있을 지도 모른다는 나래의 추측과는 달리 엄마는 반갑게 달려 나와 문을 따주었다.
"엄마!"
 나래는 어린애마냥 엄마의 따스한 품에 푹 안겼다. 이유 없는 눈물이 쏟아져 한참 동안을 어찌해야 할지 몰랐다. 공연히 사춘기랍시고 혼자서 괴로워하고 오해하고 원망했던 여러 가지 일들이 한꺼번에 사르르 녹아내리는 것 같았다.
"어서 들어가자. 언니도 오늘 낮에 퇴원해서 돌아왔단다."
"네? 언니가 퇴원을?"
 나래는 등에 진 짐을 어머니에게 떠맡기고 부리나케 현관문을 밀고 들어갔다.
"이제 오니? 여행 즐거웠었지?"
 목발 대신에 소파 등받이를 붙들어 잡고 서서 나래를 반기는 언니의 얼굴이 무척 야위어 있었다.
"언니!"
 나래는 이번엔 또 언니의 품에 안겨 '흑흑흑' 흐느꼈다.
"쟤가 시골에 다녀오더니 눈물샘이 터졌나? 반가우면 '하하하' 웃을 일이지."
 엄마는 언니에게 눈을 찡긋해 보이고 욕실로 들어가 물을 받아놓았다.

"어서 목욕하고 나와서 즐거웠던 시골 이야기나 실컷 해보렴. 그래 너희 선생님과 친구들도 무사했지?"

"네에."

나래가 모기 소리만 하게 대답하고 욕실로 들어가는 모습을 보며 엄마와 언니는 의미 있게 웃었다.

"단 하루라도 멀리 떨어져 있어봐야 가족들의 소중함을 새롭게 알게 되고 내가 가장 편히 쉴 곳은 내 작은 집이라는 걸 깨닫게 되는 법이란다."

다른 때보다 일찍 퇴근해 들어온 아버지는 나래의 속마음을 아는지 모르는지 지당한 말씀으로 분위기를 맞추었다.

그날 밤 나래는 일기장을 펴놓고 많은 것을 생각해 보았다.

'인생이란 무엇인가? 나는 왜 존재하는가?' 하는 철학적인 생각이 아니더라도 지금까지 겪어온 삶과 앞으로 살아가야 할 삶의 지표에 대해서는 좀더 구체적으로 짚고 넘어가야 할 것만 같았다. '나 자신에게 충실하면서 남을 위해서 이바지할 수 있는 삶, 스스로의 인격 도야에 노력을 기울이는 동시에 주체성 있는 생활신조를 정립해야 할 중요한 시기가 바로 나날이 가슴을 앓던 사춘기가 아닐까' 하는 생각을 했다. 어찌했든 서울 와서 들은 반가운 소식 중의 또 하나는 미진이 어머니가 집으로 돌아왔다 하니 여간 기쁜 일이 아닐 수 없었다.

나래는 자기가 알고 있는 모든 이들에게 감사하며 사르르 눈을 감았다.

7. 아름다운 사랑 나눔

 개학을 하여 돌아온 얼굴들이 활짝 핀 해바라기처럼 밝게 웃고 있었다. 시골을 다녀온 아이들의 까맣게 그을린 얼굴에 비해 기숙 학원에서 하루도 쉬지 않고 공부만 했다는 아이들의 누렇게 뜬 얼굴이 좀 안 돼 보였다.
 방학 동안 살이 더 쪄서 속상하다는 아이, 계획은 그럴 듯하게 세워 놓았는데 실천은 한 가지도 못했다는 아이, 한 달 사이 머리가 제법 길어서 뒤로 묶을 수 있다며 멋진 리본을 매고 와서 수다를 떠는 아이 등. 교실 안은 온통 시끌벅적해 시장 속 같았다.
 "와, 장미진! 너 웬일이니?"
 아이들이 미진을 부르는 소리에 뒤를 바라다본 나래는 흠칫 놀랐다. 규칙을 어겨가며 길게 늘어뜨리고 다니던 미진이가 머리를 말끔하게 자르고 왔을 뿐만 아니라, 새로 맞추었는지 단정한 교복 차림에 이름표와 배지까지 똑바로 달고 나타난 것이 아닌가.

"세상은 오래 살고 볼 일이다. 장미진이 개학 날부터 깨끗한 실내화를 신고 교실에 입장하실 줄이야."

현희가 뒤에서 놀려대는 것도 아랑곳하지 않고 미진이는 빙그레 웃으며 제 자리에 와 앉는 것이었다.

"잘 지냈니? 별일 없었지?"

나래가 말을 건네기가 바쁘게 미진이는 전과는 달리 아주 상냥하게 대답하였다.

"응, 즐거운 방학이었어. 우리 엄마도 돌아오시고. 우리도 어쩌면 아파트에서 살게 될지 몰라. 우리 동네가 개발이 되는데 우리 동네 사람들에겐 우선적으로 임대 아파트를 나누어 준다는 거야."

"응, 그래서 네 기분이 그렇게 좋구나. 참 잘 됐다. 축하한다, 미진아!"

나래는 더 이상 아는 체를 하면 미진이의 자존심을 다치게 할까 봐서 축하의 인사로 대신했다. 그러고 보니 저쪽 편에 앉아 있는 은주와 진희도 자기네 동네의 재개발 이야기에 한참 신이 나 있었다.

"참, 잠깐만 기다려. 여옥이 동생 일은 어떻게 됐는지 알아보고 올게."

나래는 조용히 일어서서 여옥이 곁으로 다가갔다.

"정말 고마워, 모두 너희들 덕분이야. 물론 화연이 아버님과 담임 선생님의 은혜는 영원히 잊지 못할 거야."

"그렇다면 수술이 성공한 거로구나."

"성공한 거나 다름없어. 우선 한쪽 눈만 했는데 희미하게나마 물체를 알아보니까. 한 달 후에 다른 쪽 눈을 마저 수술하면 정상으로 돌아갈 수 있다고 하셨거든!"

"어머나, 그랬니? 정말 축하한다. 박여옥, 네 정성에 하느님이 감복하신 거야."

여느 때 같지 않게 나래가 여옥의 팔을 잡고 큰소리로 떠들어대자 아이들의 시선이 모두 이쪽으로 쏠렸다.

"강나래! 무슨 일이니?"

"무얼 축하한다는 거야. 여옥이 글이 또 신문에라도 실린 거니?"

여기저기서 호기심 가득한 아이들의 눈빛이 두 사람에게 쏟아지자 나래는 약간 겸연쩍은 얼굴을 하고 대답했다.

"내 소리가 너무 컸나 보구나. 미안해! 다른 게 아니고 여옥이 동생 철이가 앞을 볼 수 있게 됐다는 반가운 소식이야."

"야! 박여옥, 축하한다. 박수!"

반 아이들이 모두 일어서서 여옥을 향하여 손뼉을 치며 자기 일처럼 기뻐했다.

"얘들아, 그런데 그 이야길 왜 강나래가 너희들에게 전해야 하니? 철이 이야기라면 반장이 나설 일이 아니잖아. 전안과 집 따님은 뭐 허수아비인 줄 알았남?"

그도 그럴 것이 화연이 가만히 있을 리 없었다. 아이들은 또 화연의 입에서 어떤 말이 나올 것인가 기대하는 표정으로 하나같이 고개를 돌려 화연을 바라보았다. 그러자, 화연이 아이들을 한 번 휘익 둘러본 다음 큰 기침을 하고 나서 말을 꺼내는 것이었다.

"너희들이 알다시피 우리 아빠는 미국에서 박사 학위를 취득하시고, 음."

"얘, 그만 둬! 너의 아버지 훌륭하신 분인 줄 모르는 사람이 어디 있니? 어쨌든 철이의 눈을 뜨게 하신 분이 우리 반 친구 전화연의 아버지시다. 우리 모두 박수!"

정숙이 화연의 말을 재치 있게 가로막고 나서서 하마터면 교실 분위기가 위태로질 상황을 잘 정리해놓고 '하하하' 호탕하게 웃어넘겼다.

"얘들아, 선생님 들어오신다!"

선생님도 때맞추어 교실에 들어오셨다.

"안녕하셨어요? 선생님!"

아이들은 선생님의 모습에서 변한 곳이 어디인가를 찾아내기라도 하려는 듯이 엉덩방아를 찧으며 일어섰다 앉았다 수선을 피웠다.

"네, 모두들 건강한 모습으로 다시 만나게 되어 반갑습니다."

선생님은 아이들 하나하나의 얼굴빛을 살펴보며, 집안 안부에서부터 개인의 신상 문제 등 궁금했던 점들을 물었다. 학급 아이들 모두에게 자상한 배려를 해주기 때문에 아이들 역시 유치원생들처럼 숨김없이 다 털어 놓을 수밖에 없었다.

"선생님 덕분에 우리 엄마가 집에 오셔서 얼마나 기쁜지 몰라요."

아이들에게 따돌림을 받으며 미움을 사던 미진이가 천진스러운 미소를 찾은 것도 선생님의 공이 아닐 수 없었다.

"나래가 당분간은 언니의 발이 되어 주렴. 사랑처럼 아름다운 게 어디 있을까?"

 선생님은 작은 목소리로 말하며 한 쪽 눈을 살짝 감았다 뜨면서 나래의 가슴을 '찡!' 하게 울려 놓고 지나갔다.

 "방학과 함께 더위도 따라가면 좋으련만 아직도 뜨거운 태양은 이글거리며 불타고 있구나."

 체육복을 갈아입으며 소라가 걱정스럽게 중얼거렸다.

 "우리 오늘 그늘에서 하는 종목만 연습하면 안 될까?"

 기원이도 맥 풀린 목소리로 말했다.

 "야, 체육 선생님, 우리의 호동 왕자님이 들어줄 것 같니? 그 지긋지긋한 오래달리기까지 기어코 시키고 말 텐데?"

 "어서 빨리 체력장이나 끝나야지. 한여름에 사람 잡을 일 있니? 난 기본 점수만 받겠다는데 왜들 그러실까 몰라."

 걷기조차 힘들어 죽겠다는 듯 호숙이 엉덩이를 한쪽으로 쭉 빼민 채 어슬렁어슬렁 교실 밖으로 걸어나갔다.

 "빨리 집합하지 못할까? 이놈들 동작 좀 봐라. 이래 가지고 어찌 특급이 나오겠나? 저기 교문 밖 층계까지 왕복 세 번씩 뛰고 온다. 시이작!"

 또 시작이다. 아침저녁으로 체력장 연습에 아이들은 머리를 내두르지만 체육 선생님은 봐주는 게 전혀 없다.

 "이제 일주일도 안 남았다. 너희 3학년 5반 녀석들은 모의 체력장에서 가장 형편없어. 점수가 넘치는 사람도 모두 오래달리기까지 뛰도록 할 테니 그렇게 알도록!"

 "네, 선생님!"

공부는 뒤져도 체력장에 강한 수원이가 땀을 뻘뻘 흘리면서도 기가 살아 있다. 반면에 사내처럼 씩씩한 정숙이가 윗몸일으키기와 매달리기에서 쩔쩔매는 꼴은 아이들의 웃음거리가 되고도 남는다.

"하나만 더, 하나만 더, 배에 힘을 주고, 어서 일어나!"

정숙이가 윗몸일으키기를 할 때마다 아이들이 옆에서 열심히 격려를 하고 용기를 북돋우지만 이십 개 이상을 넘길 때가 없었다.

"그러니까 하느님은 모든 사람에게 평등하신 거야. 넌 공부 잘하고 똑똑하니까 체육에선 좀 부족해야지. 내 말이 틀렸나요?"

예은이가 약을 올리듯 그늘에서 쉬고 있는 정숙이 옆으로 다가오며 말을 걸었다.

"무슨 말씀을? 넌 공부를 못해서 체육을 잘하는 거니? 그리고 저 강나래를 비롯해서 전화연, 신기원이 말이다. 저 애들은 도대체 무얼 먹고 저리도 날쌔니?"

정숙은 부러움 반 질투 반으로 투덜거렸다.

"기껏해야 체력장 특급이나 하급이나 3, 4점 차이란다. 대신 시험 문제에서 서너 개 더 맞으면 되는 것 아니겠니?"

"그야, 그렇지만 기분 문제지. 오래달리기에서만 잘 견뎌내도 일급은 될 텐데."

정숙인 끝까지 미련을 버리지 않겠다는 듯 오뚝이처럼 벌떡 일어섰다.

"도대체 연합고사라는 걸 누가 만든 거야? 이렇게 우릴 힘들게 하는."

땀 젖은 체육복을 보조 가방에 넣어 들고 아이들은 시끌벅적하게 떠들어 대며 교문을 빠져나왔다.

"난 오래달리기는 안 해도 되는데. 앞의 다섯 종목만으로도 점수가 넘치니까."
"누군 어떻고. 형식적으로라도 다 뛰어보는 게지. 참 그런데 넘치는 점수는 모자라는 여학생들에게 팔아넘길 수는 없을까?"
"히야! 그럴 수만 있다면 좋지."
"하하하하! 봉이 김선달이 기절을 하겠다."
남학생들 몇 명이 아직도 기력이 넘치는 듯 씩씩한 걸음걸이로 지나가며 어깨가 축 늘어진 여학생들을 힐끗힐끗 쳐다보고는 일부러 큰소리로 떠들어대는 것이었다.
"아휴! 누굴 약 올리려고 작정을 했나? 모자라는 여학생이라니? 듣고 보니 영 자존심이 상하는데?"
"하하하, 도둑이 제 발 저린다. 그 애들이 너를 두고 하는 소리니? 그냥 우리들 다 들어보라고 하는 말이지."
정숙이가 투덜대자 나래가 받아서 위로하듯 말했다.
"체력장 점수에 너무 신경 쓰지 마. 연합고사 200점 만점에 20점을 차지하는 건데. 제일 못해봤자 17점이라더라. 나머지 3점이야 시험에서 보충하면 되지 않겠니?"
"누가 그걸 모르니? 우선 기분이 상하니까 그렇지."
"가능하면 내가 대신 뛰어주련만."
"말도 안 되는 소리. 얘가 한 수 더 떠서 사람 약 올리네!"
정숙이는 나래의 진심을 모르는 바 아니지만 언짢아진 기분에 더 이상 체력장 이야기는 하고 싶지 않다는 표정이었다.
"그래, 연합고사도 커트라인 점수만 넘기면 되는 거지. 나는 적당히 볼 생각이야."
"어휴, 맙소사. 이 깍쟁이 새침데기. 너야말로 외고에 시험 볼 사람이니까 연합고사야 별거 아니겠지만 우리처럼 일반 고등학교에 배정받는 사람은 그 시험 점수가 그림자처럼 따라가서 우리들의 첫인상을 좌우한다는 걸 모르시고 하시는 말씀이신가요?"
정숙이는 꼭 황당해지면 상대편에게 존칭을 쓰는 버릇이 있었다. 나래는 정숙일 잘 알기 때문에 이쯤에서 겸손하게 처신을 해야만 정숙이의 소프라노를 미리 방지할 수 있다고 판단을 내린다.
"나도 봐야 알지. 외고에 꼭 붙는다는 보장은 없지 않니? 누구나 최선을 다하는 수밖에."
나래가 정숙이의 기분을 살피며 말꼬리를 흐릴 때였다.
"얘, 저기 우람 오빠 아니니? 저녁 식사를 해결하려고 나왔나 보구나. 빨리 따라와, 어서!"
정숙은 조금 전의 심각했던 표정은 싹 지워버리고 우람의 뒤를 쫓아 달려갔다.
"오빠, 그 동안 잘 지냈어?"
"어, 너희들이로구나. 학교 수업이 다 끝났니?"
"그럼, 집에 가는 길이야. 오빠, 어디가?"
"응, 간단하게 무얼 사 먹고 들어가 다시 저녁 공부 해야지. 자율 학습!"
"오빠, 그럼 우리도 사 줄 거야? 저기 제과점으로 가서."

정숙이는 마치 친오빠를 대하듯 스스럼없이 우람에게 어리광을 피우며 부탁을 했다.

"그래 좋아. 나래는 까만 얼굴이 더 까맣게 됐구나. 어디 좋은 데라도 갔다 온 거야?"

"몰랐어? 우리 담임 선생님과 함께 시골에 다녀온 것 말이야. 얼마나 재미있었는데. 우리 강나래 양의 입에서는 술술 시구가 흘러나왔지. 밤에 별을 보며 '별 하나 꽁꽁, 나 하나 꽁꽁'하고 외워도 보고, 과일나무에 종이봉지를 씌우기도 하고, 붉은 고추도 따고, 고구마도 캐고…. 정말 그 맑은 시냇가에서 물장구를 치며 놀고 있을 때 난 우람 오빠랑 함께 내려오지 못한 게 한이 되더구먼."

제과점에 들어가 의자에 앉자마자, 청산유수처럼 쏟아내는 정숙의 달변에 우람과 나래는 그저 싱글벙글 웃으며 들어줄 수밖에 없었다.

"오빠, 우리 이 다음에 늙으면 시골에 가서 살자. 김소월 님의 '강변살자'라는 시가 이제는 좀 이해가 된다니까."

"알았어, 어서 먹고 싶은 걸 시키기나 하고."

제과점 언니가 아까부터 옆에 서서 주문을 기다리고 있었다.

"참, 우리 누나는 좀 어때? 퇴원한 뒤로 한 번도 못 찾아뵈어서 궁금하기도 하지만."

'뭐라고? 우리 누나? 차라리 나영이 누나라고 할 일이지. 꼭 집어서 우리 누나라니. 우리 언니에게 함부로.'

나래는 순간적으로 이런 마음이 들었지만 사실이 사실인 걸 인정하지 않을 수는 없었다.

"네, 괜찮아요. 예전보다 훨씬 명랑해졌고 나에게도 무척 친절하고 또."

"또 뭐야? 어서 열거하라고."

정숙이가 또 가운데서 서둘렀다.

"아니야. 또 매일매일 달라지게 예뻐지는 것 같아요. '우리 언니'지만."

나래는 '우리 언니'라는 말에 악센트를 강하게 붙여 말했다.

"아니, 언젠 너의 언니가 안 예뻤었니?"

"하지만 요즈음 더욱 그렇게 느껴져."

"야, 그거야 말로 네 마음이 예뻐지니까 너의 언니가 예쁘게 보이는 걸 거야. 똑같은 사물을 놓고도 어떻게 보느냐에 따라 관점이 달라지니까 말이다. 안 그래? 오빠!"

정숙은 우람에게 동의를 구했다. 우람인 대답 대신에 빙그레 웃으며 고개를 두어 번 끄덕이었다.

"권영일 선생님은 잘 계시지? 방학 동안 못 뵈었더니 보고 싶은 걸!"

솔직한 심정인지 입에 바르는 인사말인지는 몰라도 정숙은 나래보다 먼저 권 선생님의 안부를 물었다.

"응, 여전하시지 뭘. 나래도 들었지? 권 선생님하고 누나하고 곧 약혼할 거라는 이야기."

"네? 난 금시초문인데?"

나래는 약간 당황했지만 벌써부터 예상했던 일이기에 굳이 우람이 앞에서 놀라는 기색을 보일 필요는 없다고 생각했다.

"어머나, 그것 참 잘 되었다. 얘, 권 선생님이 그 동안 얼마나 외롭게 지냈었니. 아무리 학생들에게 인기는 높다지만 그게 다 무슨 소용이니? 따스하게 안방에서 맞아주는 색시가 최고지."

정숙은 또 어른스럽게 말하며 권 선생님과 나래의 언니 아니 우람의 누나를 위해 건배를 들자며 우유병을 치켜 올렸다. 우람과 나래는 오랜만에 눈동자를 흐트러지지 않게 마주보며 생긋 웃었다. 두 사람 사이는 이미 보이지 않는 인연의 끈으로 묶여져 있어서 누군가가 남남이라고 부정할 수 있는 틈새를 전혀 줄 것 같지가 않았다.

"언젠가도 말했지만 앞으로는 말을 놓고 오빠라고 정식으로 불러. 알았지?"

"응, 그럴게. 오빠!"

나래는 오빠라고 부르는 자기의 음성이 몹시도 떨린다고 생각되어서 옆에 있는 보리차물을 일부러 꿀꺽꿀꺽 소리 내어 마셨다.

"자, 그만 일어서자. 난 학교에 들어가야 하니까."

우람이 일어서자 나래와 정숙은 잘 먹었다며 인사를 하고 먼저 밖으로 나왔다.

"잘 가!"

우람은 그 큰 체격을 길에 내던지듯 껑충껑충 멋없이 걸으면서 학교 길로 올라갔다.

"어때? 처음 봤을 때의 인상하고는 많이 다르지? 자상하고 부드럽고, 믿음직스럽지 않니?"

"……."

나래는 고개만 끄덕이었다. 한편으로는 너무도 측은하고 불쌍한 생각이 들어서 막 울어버리고 싶은 심정이었다. 겉으로 말은 안 해도 그 동안 얼마나 마음 고생을 했을까? 자기 누나를 찾고도 함께 어울려 살지 못하고 제각기 주어진 운명에 순응하고 있는 저 가슴 답답함을 누구에게 마음 놓고 털어놓을 수 있단 말인가? 나래는 눈물이 피잉! 돌아서 더 이상 정숙과 함께 걸을 수가 없었다.
"정숙아, 나 먼저 집에 갈게, 천천히 와. 안녕!"
"아니, 저 애가 별안간."
정숙이가 영문을 모르겠다며 같이 가자고 불렀지만 나래는 뒤돌아보지 않고 골목길을 달려와 주르르 흘러내린 눈물을 아무도 몰래 지워냈다.

8. 함께 뛰는 아이들

　대문 앞에서 어머니가 문을 따줄 때까지 나래는 우람의 얼굴을 떠올렸다. 어쩌면 시골 여옥이네 집에서 본 돌아온 어미소의 얼굴과 매우 비슷한 인상이라고 혼자 생각해 보았다.
　"언니 집에 있어요?"
　요즈음엔 언니가 운동 삼아 산책을 하러 종종 밖에 나가곤 했기 때문에 제일 먼저 그것부터 물어 보았다.
　"응, 집에 있어. 권 선생님이 오셨어!"
　대단한 사건이라도 알려줄 사람처럼 눈을 반짝거리며 엄마는 나래를 주방 쪽으로 끌어드렸다.
　"권 선생님이 조금 전에 아빠와 내 앞에서 승낙을 받아냈단다. 다음 달에 약혼하겠다고."

"네, 그랬군요."

나래가 그저 무표정한 얼굴로 고개를 끄덕이자 엄마는 매우 의아한 표정을 지었다.

"넌 기쁘지도 않니? 그렇게 감정이 없어? 너 밖에서 무슨 일이 있었던 거야?"

"아니에요. 무슨 일은요. 언니와 선생님의 관계는 우리 모두 아는 사실이잖아요. 뭘 새삼스럽게 반가워하며 떠들 일도 아니고요."

나래가 자기 방으로 들어가 버리자 엄마는 다시 한 번 나래에게 실망을 한 듯 한참동안 서 있다가 안방으로 들어갔다.

"굳이 새로운 문제나 심각한 문제도 아니면서 왜들 거실에서 이야기하지 않고."

잠시 후, 옷을 갈아입고 나온 나래는 안방 문을 살그머니 열고 들여다 보았다. 그러고 보니 거실에서 마주 앉아 있는 것과는 좀 달랐다. 어머니와 아버지가 아래쪽에 나란히 앉아 있고 권 선생님과 언니는 무릎을 꿇듯이 위쪽에 겸손한 자세로 나란히 앉아 예의를 갖추고 있었기 때문이다.

"안녕하셨어요? 선생님! 언니 다리도 불편한데 이제 허락이 떨어졌으면 거실로 옮기시지요. 소파에 앉아서 자연스럽게 이야길 나누세요."

아까와는 달리 나래가 생글거리며 끼어들자 엄마는 또다시 나래를 유심히 바라보았다.

"그래, 이제 그만 거실로 나가자. 우리 모두 축배를 들어야지."

아버지는 벌써부터 흥분된 목소리로 즐거워했고 몹시도 기분이 좋아보였다.

"넌 알다가도 모를 애야."

나래가 과일 접시를 나르겠다고 주방으로 달려오자 엄마가 핀잔을 주었다.

"엄마, 저는 먼저 알고 왔다고요. 오늘 우람 오빠를 만났거든요. 아마도 권 선생님이 그 오빠한테 먼저 뜻을 보였던 것 같아요."

"오, 그랬었니? 자식도. 그럼, 그랬다고 먼저 말을 할 것이지. 호호호호!"

엄마는 무척 기뻐했다. 입양시켜온 딸을 어렸을 때부터 지금까지 금지옥엽 길러내어 다른 사람에게 넘겨주는 입장인데도 조금도 서운한 내색을 보이지 않았다.

'가슴 속으로야 짜릿한 마음 표현할 길이 없겠지. 얼마나 귀하게 여기며 곱게 키워 온 딸인데. 나에게 그토록 가슴앓이를 하며 고민을 하게 할 만큼 나보다 더 언니를 사랑하신 분들인데.'

나래는 엄마, 아빠의 흐뭇해하는 모습을 지켜보며 정말이지 세상에 드문 훌륭하신 분들을 부모로 둔 자신이 무척 행복하다는 걸 다시 한 번 깨달았다.

"앞으로는 너도 선생님 대신에 형부라고 불러야 된다. 알았지?"

'형부!' 나래는 속으로만 되뇌였지 입 밖으로 부를 수가 없었다. 어쩐지 쑥스럽고 권 선생님에게 어울릴 것 같지가 않았다.

"어쨌든 두 분의 약혼을 축하드려요."

"참, 아직 약혼한 건 아니야."

언니는 부끄러움 타는 소녀처럼 얼굴을 붉히고는 권 선생님의 얼굴을 바라보았다. 선생님은 시종일관 싱글벙글거리며 나래의 손을 꼭 잡아주었다.

"공부 열심히 해서 부모님의 기대에 어긋나지 말아야 한다."

기껏 하는 말이 그 정도였다. 하기야 여중생에게 할 수 있는 말이 그 이상 무슨 말이 필요할까. 나래는 정중하게 인사를 하고는 자기 방으로 돌아와 일기장을 꺼냈다. 권 선생님과 언니의 행복을 비는, 진심으로 두 사람의 앞날에 축복이 있기를 바라는 내용의 글을 썼다.

다음날은 체력장 실시일이기 때문에 실컷 자두어야 할 것 같아 일찍 불을 껐다. 선생님이 언제쯤 옆집으로 건너갔는지 알지 못한 채 깊은 잠에 빠져들었다.

아침 일찍부터 실시되는 체력장은 옛날 언니 때와는 달리 교내 운동장을 이용하여 같은 학교 선생님들의 감독과 지휘 아래서 실시되었기 때문에 부담은 다소 적은 편이었다. 1, 2학년들이 나오지 않아서인지 학교는 조용한 분위기 속에서 질서 있게 차례대로 한 종목씩 실시되어 갔다. 나래네 반은 멀리뛰기에서부터 시작하여 철봉 매달기기, 윗몸 일으키기, 던지기, 100m 달리기 순으로 오전 내내 열심히 뛰었다.

철봉에 매달리자마자 뚝 떨어져버린 호숙인 엉엉 울기까지 했고, 현희는 두 번 던진 공이 모두 10m도 넘지 못하자 기록을 맡은 이기자 선생님에게 매달리며 한 번만 더 던질 수 없느냐고 졸랐다.

"아서라. 연습 때도 통하지 않으실 '장풍 선생님'이 시험 보는 날 그런 애교가 통할 것 같니?"

아이들 말대로 도덕 선생님이 눈도 한 번 깜박거리지 않자 아이들은 또 다음 종목에 기대를 걸면서 자리를 옮겨갔다.

모두들 높은 점수를 받기보다도 자신의 기록을 갱신하기 위하여 안간힘을 다했다.

"여러분들 모두 열심히 잘 해냈습니다. 이제 곧 오래달리기가 실시될 텐데 담임 선생님으로서 꼭 한 가지 부탁할 게 있습니다."

점심 식사 후 그늘에서 쉬고 있는 학급 아이들을 모아 놓고 최경진 선생님은 진지하게 입을 열었다.

"내가 알기로는 오전에 실시한 여러분들의 점수는 모두 만점에 가까운 줄 압니다. 다만 7, 8명이 약간 미달되었을 뿐인데 이번 기회에 의리 있는 말괄량이들의 단합된 참모습을 모든 이들에게 보여주기 바랍니다. 그러니까 오래달리기를 할 때 정해진 조별로 합심하여 발을 맞춰 뛰는 것입니다. 아무도 낙오되지 않도록 앞에서 끌고 뒤에서 밀며 호흡을 일치시켜 뛰다보면 운동장 네 바퀴를 도는 건 아무것도 아닌 것입니다. 점수가 넘치는 사람도 점수가 모자라는 사람도 함께 뛰는 겁니다. 그리고 나면 우리 반 학생들의 체력 급수는 1급 이하로 내려가는 사람이 한 사람도 없을 것이 분명하기 때문입니다."

"그러니까 선생님, 정숙이나 호숙이처럼 못 뛰는 아이들이 가운데 서서 뛰어야겠군요."

"물론 그렇지, 말이라고 하니?"

모처럼 수원이가 쉽게 이해할 수 있다며 대답을 하자 모든 아이들이 박수를 하며 이에 찬성의 뜻을 보였다.

"오늘 여러분들이 보여주는 체력장은 개인 개인의 점수에도 상관이 되겠지만 후일에 아름다운 미담으로 남을 것입니다."

선생님이 빙그레 웃으며 물러나자 각 조의 조장들은 긴밀하게 움직이기 시작했다.

"미진아, 넌 1조의 리더가 되는 거야. 너무 빨리 뛰지 말고 가운데에서 따라오는 은주와 소라 같은 아이들이 잘 따라올 수 있도록 적절하게 속도를 내는 거야."

"그래, 알았어, 염려 마!"

미진이도 진희도 밝게 웃으며 예은의 말에 고개를 끄덕였다.

"2조는 수원이가 앞서고 나래가 맨 뒤에 서는 거야."

"나래는 1조의 맨 뒷자리다. 잘 알고 말해!"

"참 그렇구나. 2조의 뒤에선 내가 달릴게."

현희와 기원인 2조 아이들의 팀워크를 짜느라 부산했다. 5조까지 구성된 아이들이 서로서로 의견을 조율하며 계획을 다 세울 무렵 저쪽에서 체육 선생님의 호루라기 소리가 들려왔다.

"다음은 5반이다. 빨리 뛰어 와!"

아이들은 발을 맞춰 오래달리기의 출발 지점으로 달려갔다.

"1조, 준비, 출발!"

체육 선생님이 하얀 깃발을 내리자 아이들은 달리기 시작했다.

"아니, 저 애들 좀 보게. 하나같이 발을 맞추어 여유 있게 뛰고 있잖아? 야, 이놈들아, 더 빨리 뛰지 못할까?"

성미가 급한 선생님들은 옆에서 고함을 쳤다. 주위에 몰려든 다른 반 남녀 아이들도 한심스럽다는 듯이 혀를 쯧쯧 찼다.

"자, 이제 마지막 한 바퀴 남았어."

나래네 반 아이들은 저희들끼리 격려하고 용기를 북돋우며 '영차, 영차!'하고 소리까지 맞추어 뛰었다. 앞에 잘 달리는 아이가 꼴찌를 추월하여 보는 이들을 헛갈리게 하지도 않을뿐더러 마치 가을 하늘에 기러기들이 줄을 지어 날아가듯이 아이들은 시종일관 질서 있게 열심히 뛰었다.

"전원 통과! 열두 명이 모두 만점이다."

체육 선생님이 초시계를 보며 말하자 아이들은 땀이 범벅된 얼굴을 서로서로 비벼댔다.

"잘 해냈어. 성공이야. 우리들도 똑같이 하는 거다. 3학년 5반 파이팅!"

2조에서 5조까지도 다들 잘 해냈다.

"그런데 담임 선생님이 안 보이신다. 이상하다. 어디 가셨을까?"

아이들은 몸은 비록 지쳐 있었지만 담임 선생님에게 매달려 실컷 어리광을 피우며 기쁨의 눈물을 흘릴 양으로 선생님을 찾았다.

그러나 교무실에 들어갔다 나오는 나래의 모습을 지켜보던 아이들은 이심전심으로 양 어깨를 축 늘어뜨렸다.

"얘들아, 선생님께선 시골에 가셨어. 할머니께서 위독하셔서."

"뭐라고? 한 시간 전까지도 우리 곁에 계셨잖아? 웬일이니? 말도 안 돼."

"조금 전에 우리 엄마와 교장 선생님도 함께 가셨대. 아마도."

나래의 두 눈에 금세 눈물이 고였다. 아이들은 긴장된 분위기에 다들 입을 꼭 다물고 나래가 진정하여 다음 이야기를 들려주기만을 기

8. 함께 뛰는 아이들

다렸다.

"선생님 어머님께서 얼마 전에 저혈압으로 쓰러지셨는데…. 그래서 아주 시골에 내려가시기로 하고 사표까지 내셨고. 그런데 우리들 체력장 하는 날까지만 지켜보시려고 남아 계시다가 오늘 시골에서 걸려온 급한 전화를 받으시고."

"흑흑, 우리를 영원히 잊지 못하실 거라며."

"선생님!"

이젠 더 이상 들을 것도 없었다. 아이들 모두는 갑자기 부모라도 잃은 고아들처럼 책상에 머리를 파묻고 엉엉 울기 시작했다.

'선생님이 도착하시기 전에 절대로 할머님이 먼저 돌아가시면 안 돼요. 하느님, 제 기도를 꼭 들어주세요.'

나래는 두 손을 모아 기도를 하였다. 두 눈에서 흐르는 하염없는 눈물은 닦을 생각도 하지 않은 채.

9. 선생님의 시골 편지

집에 들어서자마자 엄마가 내어준 편지를 받고 나래의 가슴은 콩당콩당 뛰었다.

'선생님은 그동안 어떻게 지내셨을까?' 나래가 편지 종이를 펼치는 순간 예쁜 코스모스가 한 송이 꾹 눌려 있는 채로 나타났다.

"어머나, 예뻐라!"

나래는 꽃잎의 줄기를 잡고 빙 돌려본 뒤에 볼에다 살짝 대어 보았다.

「나래야, 잘 있었지? 부모님께도 안부 전하렴. 3학년 5반 말괄량이들도 여전히 명랑하게 학교생활에 충실할 줄 믿는다. 한 사람 한 사람의 이름을 가만히 불러보면 코스모스처럼 예쁜 얼굴로 떠오르는 너희들의 얼굴들! 자꾸만 다가오는 너희들의 환상 때문에 잠 못 이루는 밤도 많았단다. 나래야, 네가 친구들에게 보고 싶다는 말 전해 주기 바라며 우선 선생님 잘 지낸다는 소식 띄운다. 선생님은 학교를 그만두고 아이들 곁을 떠나서는 살 수 없는 숙명임을 느꼈다. 그래서 여기 작고 보잘 것은 없지만 이곳 모 중학교를 인수받아 다시 교편을 잡기로 결심을 굳혔단다. 또 몇 개월을 지내야만 그들과 허물을 트고 정이 들겠지. 최대한 빠른 시일 내에 한 가족처럼 가까운 사이가 되었으면 한단다. 전교생이라야 기껏 오십 명도 안 된다면 너희들은 거짓말같이 들리겠지? 나의 생각도 그러하지만 돌아가신 어머님의 유언을 받들어 보다 성실한 삶을 살아가도록 노력해야 할 것 같구나. 한 학년에 한 반씩으로 구성된 여기 시골 학교는 뜻있는 젊은 청년들이 설립을 하여 학교명을 청우중학교라고 지었더구나. 이제 겨우 두 번째 졸업생을 배출한 학교지만 그런대로 전통과 질서는 도시의 여느 학교에 뒤지지 않는 것 같아 한시름을 놓았지. 나래야, 난 너를 제 자라기보다는 내 친구의 소중한 딸이기에 각별한 정을 느끼며 한 가지 제안을 하려고 한다. 네가 언젠가 말했었지? 권 선생님과 너의 언니 사이에 내가 사랑의 구름다리를 놓아 준 게 아니냐고. 그럴지도 모르지. 어쩌면 우람과 너의 언니를, 그리고 너희들과 나 사이를 꼭 누구라고 꼬집어 말할 수는 없다 하더라도 정녕 사랑의 구름다리를 놓아준 분이 계실 거라고 믿지 않니? 그래서 말인데 세계가 하나로 되는 이 시대에 같은 나라 안의 도시와 시골이 따로 있을 수는 없지 않을까? 나는 앞으로 너에게 시골의 구수한 숭늉 냄새나는 이야기를 수시로 적어 보낼 생각이란다. 그리고 난 너의 일기장에 적히는 서울

이야기를 꾸미지 않은 그대로 엿보고 싶단다.

　내가 너희들의 이야기를 듣고 싶어 하는 이유 중의 하나는 어른들처럼 그저 그렇게 살아가기에 앞서 우리가 따라갈 수 없는 높은 이상과 예리한 판단력, 꿈을 잡는 눈망울들이 초롱초롱 빛나고 있음을 좋아하기 때문이지. 우리 주변에는 착하고 슬기로우나 사랑과 그리움에 목마른 아이들이 적지 않음을 너도 잊지 말기 바란다. 너의 친구들 중 미진이나 여옥이처럼 어려운 환경 속에서도 굳건하게 살아가고 있는 친구들에게 항상 관심과 애정의 눈길을 떼지 말고 그들이 세상을 긍정적으로 바라보며 나날을 즐거운 마음으로 지낼 수 있도록 드러나지 않게 도와주었으면 한다. 나래 너는 이제까지 잘 해왔지만.」

　나래가 침대에 걸터앉아 선생님의 편지를 눈으로 읽어 내려가고 있을 때 살며시 방문이 열렸다.

　"나 들어가도 되겠니? 무슨 연애편지라고 엄마 몰래 보는 거야. 최선생인지 경진인지 도대체 고교 동창생이며 절친했던 친구에겐 일언반구 없이 너한테만 긴긴 편지를 써 보내다니. 아이들만 좋아하는 사람이라 역시 달라."

　엄마는 나래가 내려놓은 편지의 앞장들을 집어 올려 천천히 읽었다.

　「너와 내가 주고받은 편지 글들은 어쩌면 우리 생활 속에서 흔히 보고 듣고 느끼는 잡다한 이야깃거리에 불과하겠지만 그냥 지나치려다 다시 한 번 돌아서서 주워보는 돌멩이처럼 우리에게 정답고 아름다운 노래를 들려줄 지도 모른다고 생각하거든. 선생님과 제자, 아니 어른과 아이들의 눈으로 바라보는 세상사는 이야기들이 꼭 같을 수는 없겠지만 너와 나, 되도록 가까운 거리로 좁혀 서서, 함께 어울려 살아가야 할 사람들 사이에 사람의 구름다리를 놓아 보자구나. 오늘은 이만 줄이고 다음부터 쓰는 편지는 격식도 예의도 갖추지 않은 글임을 밝히며 나래 너도 시간이 없을 때는 일기장 속의 한 페이지를 그대로 복사해서 보내줄 것을 기대한다. 잘 있어라. 안녕!」

"도대체 무얼 말한 거니? 그 선생님의 그 제자라. 무슨 소꿉장난 편지 같아서 좀체 알아들을 수가 없구나."

어머니는 계속해서 선생님의 편지를 읽어가며 이해가 가지 않는다고 투덜대었다.

"엄마, 우리 선생님이 다시 시골 중학교에 나가신다니 참 잘된 일이지요?"

"알고 있어. 그 억척스런 할머니가 그 동안 고생고생하며 모아놓은 돈을 모두 털어서 육영 사업이나 자선 사업에 써 달라고 유언을 하셨다지 뭐냐."

"아주 많은 금액이었나 보죠?"

"아무리 작은 학교라지만 학교 하나를 운영할 만한 돈이니 상상해 볼만 하지."

"그렇다면 우리 선생님이 그 학교의 이사장이 된 게 아닌가요?"

"그렇게 말할 수도 있지. 하지만 경진은 원래부터 그런 자리는 싫어하니까 그 학교의 평범한 국어 교사로 지내면서 어려운 아이들을 위해 봉급이나 털어놓는, 항상 해오던 것처럼 그 이상의 것도 그 이하의 것도 아닐 게 분명해."

어머니의 이야기가 조금도 틀린 것 같지 않았다. 서울에 있을 때 겪어본 그대로 선생님은 누군가를 위해 열심히 봉사하기 위해서 태어난 사람이라 해도 과언은 아닌 성싶다.

"엄마, 어찌 보면 우리 선생님이 너무 가엾지 않나요? 엄마처럼 결혼해서 남편과 사랑도 속삭이며 아이들과 오순도순 살아가고 싶지 않을까요?"

"경진인 너희들 모두가 다 자기 자식이라고 생각하며 살지 않니? 난 그런 경진이가 부럽기 짝이 없구나."

"엄마두."

나래는 엄마를 꼭 껴안으며 가슴과 가슴으로 통하는 짜릿한 체온을 느꼈다.

"엄마, 감사해요."

"새삼스레 뭐가?"

"나도 나지만 나영 언닐 데려다가 그렇게 곱게 키워서 권 선생님에게 보내는 마음, 조금은 이해할 것 같아요."

"아휴! 우리 나래가 이제야 철이 드는가 보네. 그래, 네가 심통을 부리고 저 혼자 토라져서 삐죽거릴 때마다 이 엄마는 시간이 해결해 줄 것이라고 믿어왔단다. 내년 봄에 언니가 졸업을 한 뒤, 두 사람 결혼을 시킬 예정이란다."

"엄마, 잘 하셨어요. 나도 권 선생님을 무척 좋아했었는데, 알고 보니 그건 사춘기의 꿈에 불과했지 뭐에요. 난 진심으로 언니의 결혼을 축하해 줄 거예요."

"암, 그래야지. 난 이래서 우리 나래가 귀엽고 사랑스럽더라."

엄마는 모처럼 정말 오랜만에 나래의 볼에 뽀뽀를 해 주었다.
"그리고 또 하나 더 흐뭇한 것은 권 선생님을 형부라 부를 수 있는 만큼 우람 오빠가 생긴 것도 나에겐 더없이 마음 설레는 일이라구요."
"그래. 그 학생 만나보면 볼수록 믿음직스럽고, 꼭 훌륭한 사람이 될 거야."

엄마도 우람을 좋게 생각하고 있으니 더할 말이 없었다.

"엄마, 저도 선생님께 편질 쓸래요. 되도록 내 흥분된 감정 같은 것은 섞지 않고 내 주변에서 일어나는 작은 사건들 중에 다시 생각해보고 싶은 이야기를 담겠어요."

"그러렴. 그게 바로 너희 선생님이 네게 부탁한 요지가 아니겠니?"

"맞아요, 엄마. 역시 우리 엄마는 학창 시절에 문학소녀였다는 걸, 친애하는 이 딸이 인정하는 바입니다."

나래가 주먹으로 책상을 '탕탕!' 두드리며 말하자 엄마는 얼른 다가와 나래의 손목을 꼭 감싸쥐었다.

「아침부터 울던 매미가 정오가 훨씬 지난 후까지 감나무 맨 꼭대기 꼭 그 자리에 붙어 앉아서 목멘 소리로 울어대 시끄럽기 그지없었다. 비 온 뒤 시원한 바람이 불어오자 나는 앞뒷문을 활짝 열어놓고 대청마루에 누워 있었다. 오늘 같은 일요일엔 시집이나 수필집 한 권 정도는 읽어 내려갈 만도 한데 피곤을 핑계로 눈을 감아 버렸다. 얼마쯤 지났을까. 주변이 조용하고 매미 소리도 그친듯하여 살며시 눈을 뜨고 일어나 앉으며 나의 시선은 맨 먼저 감나무를 향했다. '그토록 악을 쓰며 울어대던 매미가 어디로 갔을까.' 이런 생각을 하며 감나무 꼭대기에서부터 아래쪽으로 죽 훑어보던 나는 잠시 잠깐 흠칫하고 놀랐다. 이제 국민학교에나 들어갔을까 말까 하는 어린 사내아이가 감나무 밑을 열심히 파고 있었기 때문이다. 나는 조용히 일어서서 소리나지 않게 감나무 옆으로 걸어갔다. 그러나 꼬마 아이는 저 하는 일에 정신이 팔려 나를 의식하지 못했다. 난 다행이다 싶어 감나무 뒤쪽에 몸을 숨기고 아이가 하는 양을 훔쳐보았다. 아이는 얼마만큼 파진 곳에 자기의 작은 주먹을 넣어 보더니 곧이어 무엇인가 은박지에 꼭꼭 싼 것을 그 속에 넣었다. 그리고는 조금 전에 파헤쳤던 흙을 다시 손바닥으로 싹싹 쓸어 넣는 것이었다. 흙이 약간 소복하게 쌓이자 이번엔 두 손바닥으로 타닥타닥 때려가며 흙을 다독거렸다. 그런데 그 다음 행동이 나를 더욱 놀라게 했다. 아이는 감나무 밑에 떨어져 나뒹구는 작은 나뭇가지 두 개를 주워오더니 십자가 모양으로 교차시켜 미리 준비한 듯, 실을 꺼내어 꽁꽁 묶었다. 그런 다음 그것을 아까 만들어놓은 흙무덤 앞에 꽂아 놓는 게 아닌가. 그 때 난 나의 경솔한 판단이 전혀 들어맞지 않았음을 순간적으로 느꼈다.」

'아이가 어떠한 물건을 땅속에 숨기고 있나 보다.'라고 생각했던 것은 나의, 아닌 어른의 눈으로 본 잘못된 오해였음을 말하지 않을 수 없다. 내가 아이 옆으로 다가가 앉으며 그의 일을 방해할 사람은 아니니 안심하라는 뜻으로 머리를 쓰다듬어 주자 아이는 나를 힐끗 쳐다보고 나서 그대로 하던 일을 계속했다.

"얘야, 그 안에 무얼 묻었니?"

"매미요."

아이는 매우 슬픈 목소리로 대답했다.

"매미가 어떻게 됐는데?"

"죽었어요."

"어쩌다가?"

"내가 매미채로 잡았는데. 실에 묶어서 가지고 놀았어요. 매미하고 나하고 친구하면서."

"오, 그랬었구나."

"매미가 불쌍해요. 아무 것도 안 먹고 죽었어요."

"그래, 무얼 먹였는데?"

"포도와 자두, 그리고 풀도 뜯어서 입에 대어 주었는데도 모두 싫어했어요."

"매미가 많이 아팠었나 보구나."

"어젯밤에 비가 많이 와서 독감에 걸렸어요."

"네가 어떻게 알아냈어?"

"매미 울음소리를 듣고요. 그래서 내가 데려다가 따뜻하게 이불을 덮어 주고 약도 먹였어요."

"무슨 약을?"

"내가 먹다 남긴 감기약이요."

"매미가 그 약을 먹었어?"

아이는 대답 대신 심각한 표정으로 고개만 내저었다.

"정말이지 매미가 가엾구나. 그래도 네가 은박지에 잘 싸서 이렇게 감나무 밑에 묻어 주었으니 이 매미는 매우 행복한 매미야."

"아니요, 이 매미는 행복하지 않아요. 얼마나 외로웠는데. 엄마도 없고 아빠도 없고 친구도 없었어요."

"어머나, 그것도 네가 알아?"

"네에, 감나무에서 저 혼자 살았어요."

"그럼 친구를 찾아갈 것이지. 저쪽 복숭아나무도 있고 또 조금 날아가면 소나무 숲이 있지 않니?"

"이 매미는 감나무가 저의 집이었다니까요! 아줌마는 몰라요."

하마터면 큰일 날 뻔 했다. 아이의 목소리가 별안간 커지며 이미 순수와 거리가 멀어진 나를 호되게 야단쳤기 때문이다.

"응, 알았어. 매미가 무척 외로웠었겠구나."

내가 죄인처럼 머리를 조아리며 아이의 의견에 맞장구를 치자 아이는 금세 괜찮다는 표정으로 돌아왔다. 그리고는 일어서서 먼 하늘에다 대고 손을 흔드는 것이었다.

"꼬마야, 왜 그래?"

"지금 매미가 하늘나라로 올라가고 있거든요. '빠이빠이' 하고 인사하는 거예요."

나는 갑자기 목이 메여왔다. 나의 늙은 어머님이 돌아가신 지 한 달이 넘도록 그 분의 영혼이 하늘에 가 계시리라고는 생각지 못했기 때문이다. 그저 가까운 곳에 산소를 만들어 놓았기에 다만 '그 어두운 땅 속에서 얼마나 답답해하실까' 하는 철없는 생각으로 눈물을 닦아내곤 했으니 말이다. 어쩌면 이 나이가 되도록 이렇다 할 종교 하나 갖지 못하고 항상 바쁘다는 변명으로 일축해 온 자신이 안타깝다고나 할까.

"석아, 너 여기서 무엇하는 거여? 얼마나 찾았는데. 빨리 따라 와!"

우리 과수원에서 일을 하고 있는 김 서방이 아이의 손목을 꼭 붙들어 잡으며 호통을 치는 것이었다.

"아저씨, 그 아이 누구에요?"

나는 고갯짓으로 꾸벅 인사를 하고 막 돌아서 가려하는 김 서방을 불러 세웠다.

"아, 네. 저의 손자 놈입니다."

"참 똑똑하고 인정 많은 아이군요."

"네, 그러지요. 안녕히 계시라고요."

아이가 감나무 밑을 뒤돌아보며 억지로 끌려가는 뒷모습에서 나는 또 내 어린 시절을 떠올렸다. 과수원 옆 외딴집에서 자라난 나는 항상 사람들의 정이 그리웠다. 과수원에서 일하는 아저씨나 아주머니들은 바쁘다는 핑계로 나와 마주 앉아 이야기하는 시간도 아까워했다. 아니, 그 분들이 그런 게 아니라 젊어서 혼자되신 우리 어머님이 촌음을 아껴 쓰는 까닭에 눈치가 보였기 때문이었는지도 모른다. 하여튼 나는 어머니의 곁에 누워 잠들기까지 책을 보거나 공부하는 시간 외에는 혼자서 1인 2역, 때로는 1인 3역까지 해가며 외로운 소꿉놀이를 하곤 했단다. 그때마다 내 옆에 쪼그리고 앉아 날 안심시키며 세상에서 가장 인자한 눈으로 일거일동을 지켜보던 해피. 난 그 즈음 해피란 말이 무슨 뜻인지도 모르고 어른들이 부르는 대로 따라 불렀지만 해피는 우리 집에서 갓난 새끼 때부터 키워온 진돗개의 이름이었다.

내가 학교에서 돌아오면 제일 먼저 달려와 반갑게 맞이해 주고 아침이면 언덕길을 넘어 학교가 보이는 동네 앞까지 앞장서서 데려다 주던 그 영리한 개를 지금도 잊지 못한다. 조금 전 꼬마 아이가 앉아 있던 감나무 밑에서 어김없이 한나절을 보내야 했던 나에겐 보호자

이자 친구인, 아니 어떤 때는 내 앞에서 설설 기는 불쌍한 심복으로서의 해피가 하늘보다 더 넓은 마음의 안식처가 되어 주었던 것이다. 그런 해피가 어느 날 갑자기 김 씨가 고구마 밭에 놓아둔 쥐약을 먹고 온 천지를 흔들 듯 울부짖으며 괴로워하다가 죽어가는 모습을 내 이 두 눈으로 보아야만 했었다. 그 당시 김 씨의 얼굴 표정은 떠오르지 않지만 감나무 밑을 삽으로 푹푹 파내던 김 씨 아저씨의 두 어깨에 날벼락이라도 떨어지길 바랐던 나의 마음은 그대로 생생하기만 하다. 어머니는 내 뜻대로 해피를 감나무 밑에 묻어주도록 당부하고는 일부러 그 자리를 피해서 고추밭에 가 있었단다. 어린 딸이 통곡하며 해피를 불러댈 때, 우리 어머니는 돌아가신, 나에게는 기억조차 희미한 내 아버지를 생각했는지도 모를 일이다. 내가 꼬마 아이가 만들어 놓은 매미의 무덤을 보며 우리 어머닐 생각해 내듯이….

  강나래! 내가 지금 무슨 이야기를 어디까지 했는지 하마터면 내 넋두리에 빠져서 너를 잊을 뻔 했구나. 그래, 네가 사춘기의 모든 갈등을 이겨내고 제자리로 돌아와서 마음의 여유를 가지고 남의 이야길 귀담아 들어줄 수 있다는 게 얼마나 고맙고 다행스런 일인가 말이다. 내일이 추석이라고 고향 찾아 내려오는 사람들이 저마다 자동차를 몰고 와 내가 있는 과수원 언덕길에서 보이는 차만 해도 연이어 열 대 이상이 넘고 있구나. 어쩌면 나래도 엄마, 아빠와 지금쯤 고속 도로 어느 선상에 머물러 서서 지루하고 답답한 시간을 보내고 있을는지, 아니면 명절 특집으로 방영하고 있는 텔레비전 앞에서 시간 가는 줄 모르고 앉아 있을는지. 언제나 그렇듯 네 생각 하나로 그치지 않고 또 다시 동그랗게 떠오르는 친구들의 얼굴을 그리며 내가 하다 만

이야기로 돌아가 볼까? 맞아, 너희들이 체력장에서 열을 올리던 날, 시골에서 걸려온 급한 전화를 받고 내려오던 날 말이다. 고맙게도 시골집까지 동행을 해주신 교장 선생님과 너의 어머니, 아니다, 나의 친구 기윤희의 위로를 받으며 속으로 복받치는 설움을 참고 참았던 나는 막상 우리 어머니의 죽음 앞에서는 그 때 우리 집 진돗개 해피가 죽었던 날에 흘렸던 눈물의 반도 안 되게 울었던 것 같다. 그것은 내 자신이 이미 메말라버린 눈물의 소유자가 되었음도 부정할 수 없지만 속죄할 길 없는 불효자의 가식적인 눈물을 남 앞에 보이기 싫어 혀를 깨물며 안으로 눈물을 삼킬 수밖에 없었다.

  너는 영리한 아이니까 내가 하고자 하는 말의 속뜻이 무엇인가를 금방 알아차리리라고 믿는다. 추석 명절에 고향이나 조상들의 무덤을 돌아보지 않았다 해서 죄 될 것은 하나도 없는 거야. 마치 게르만 민족의 대이동 같은 자동차의 물결을 따라 내려오지 않아도 좋을 것이다. 다만 살아가다가 문득 떠오르는 고향을, 옛 친구를 억지로 잊으려하지만 않으면, 변명이나 핑계를 대어 따돌리지만 않으면 고향은 언제나 살아 있는 게 아닐까. 어젯밤 늦은 시간에 본 텔레비전 프로그램에서 북에 고향을 두고 온 실향민의 이야기를 들으며 난 또 철없이 눈물을 흘렸단다. 저기, 김 씨 아저씨가 달음질쳐서 논둑길로 달려가는 모양이 행여 서울 어느 공장에서 일을 하고 있다는 아들이 돌아오나 보다. 아까부터 내 동정을 살피며 조심스럽게 부엌일을 하고 있던 아주머니가 나를 향해 손짓을 했다. 무슨 상의할 일이라도 있는 것처럼.

  아침저녁으로 서늘한 바람이 불고 가로수 밑 아스팔트 길에 낙엽이 흩어져 날리는 걸 보면 이미 가을은 우리들 옆에 성큼 다가와 있음이 분명하다.

10. 새로운 담임 선생님

나래는 선생님이 쓴 시골 편지를 반 아이들과 돌려볼 양으로 학교에 가지고 갔다.

"야, 길기도 하다. 이렇게 청산유수로 편지를 잘 쓰시는 분이 왜 연애편지는 못 쓰시는 걸까? 마음에 드는 남자가 있으면 '사랑합니다' 한 줄만 띄우셔도 백발백중일 텐데."

"그런 소리 마, 안 쓰시는 거지 어디 못 쓰시는 거냐? 우리 저번에 봤지? 우리 선생님, 나이에 비해서 어린애 같더라. 순수하게 때문지 않은. 시골 할머니께 응석부리는 거 너도 봤지?"

"그럼. 그런데 그 할머니께서 돌아가셨으니, 앞이 캄캄해지셨을 거야."

아이들이 떼로 몰려 편지를 돌려보고 있을 때 시작종이 울렸다.
"차려, 경례!"
2학기 때도 역시 과반수 이상의 찬성표를 얻은 나래가 반장이 되었으므로 교실 분위기는 별로 달라진 게 없었다. 단지 화연과 정숙의 자리가 서로 바뀌었을 뿐이다. 반장에 도전했던 화연이가 반장은커녕 부반장 자리까지 정숙에게 빼앗겼으니 겉으로 드러내진 않았지만 아이들은 충분히 화연의 기분을 헤아릴 수 있었다.
"저 뒤에 앉은 여학생 두 사람 일어서요!"
최경진 선생님 후임으로 시내 모 사립 고등학교에서 오셨다는 국어선생님이자 새로 바뀐 담임 선생님에게 허소라와 신기원이 걸려든 것이다.
"방금 책상 속에 감춘 걸 이리로 가져 오세요."
귀밑머리가 약간은 희끗 희끗한 빈지환 선생님은 족집게처럼 아이들의 탈선(?)을 잘도 잡아냈다. 그러니까 빈 선생님의 별명은 벌써 나래네 반에서부터 지어진 셈이다. 소라가 머뭇거리며 앉아 있자 족집게 선생님은 잔잔한 목소리 위에 약간의 악센트를 살리면서 손짓으로 나오라고 했다. 소라와 기원은 어쩔 수 없다는 듯 편지를 들고 앞으로 나갔다.
"이건 머슴애들이 보낸 연애편지가 아니구먼. 뭐 이리 넋두리가 길어? 하여튼 이 편지는 쉬는 시간에 내가 좀 읽어보고 줄 테니까. 너희들은 들어가도 좋아요."
아이들이 떠들썩하게 지난번에 계시던 국어 선생님, 아니 담임 선생님이셨던 최 선생님의 편지라고 해명을 하자 빈 선생님은 살그머니 미소를 띠며 그 편지를 접수하신 것이다.

"인간이란 모름지기 아는 것이 많아야 합니다. 아는 것이 힘이다!"

수원이가 얻어들은 말을 자신 있게 발표했으나 빈 선생님은 콧방귀도 뀌지 않았다. 최 선생님 같았으면 벌써 수원일 위해 박수까지 쳐주라고 했을 법한데. 물론 한 달도 안 되는 기간 동안에 아이들 하나하나를 파악할 수야 없겠지만 어쨌든 빈 선생님은 최경진 선생님처럼 자상한 성격은 아니었다. 어차피 떠난 선생님을 다시 불러올 수는 없는 일이니 금방 단념을 하고 대신 누가 2학기 때에 담임이 될지 아이들은 가슴 설레며 기대를 했었다.

"애들아, 체육 선생님 어때? 그 선생님은 담임이 없잖아. 우리들의 호동 왕자님!"

진희와 미진이 체육 선생님이 담임을 했으면 좋겠다는 반면에 몇몇 아이들은 영어 선생님인 한철 선생님이었으면 하는 바람도 가졌었다. 그러나 워낙 개성이 강한 3학년 5반의 담임 자리를 탐내며 하겠다고 나설 분이 어디 있으랴. 또, 2학기 때는 연합고사와 직결되어 있고 실업계니, 인문계니 하고 원서를 써주며 진로 지도를 해야 한다는 조건이 붙어있는 졸업반을, 그것도 중도에 전교에서 이름난 '말괄량이 합집합'을 담당하겠다는 선생님이 있을 리가 만무했다. 마침 경험도 많고 특히 명문 고등학교에서 진학반 그러니까 고3반만 줄곧 맡아왔다는 분이 발령을 받았기에 말이지 하마터면 담임도 없는 반으로 졸업을 해야 할 불운을 맞을 뻔했던 것이다.

"학습 활동! 첫 번째 문제에 답할 사람?"

꿀 먹은 벙어리가 된 여학생들을 돌아보면서 빈 선생님은 엄한 표정을 하고 교탁 앞에 탁 버티고 서 있었다.

"너희들 공부하는 놈들이 왜 이 모양이야? 예습 복습을 철저히 해야 않겠냐? 골이 텅 비어 가지고 멍청히 앉아 있으면 어디 가르칠 맛이 나느냐 말이다."

"야, 맞았어. '골 빈 선생님!' 어때, 선생님 성씨가 빈 씨 아니니?"

"하하하하!"

그 조용한 분위기를 깨뜨리고 아이들이 '하하하' 웃어대자 빈 선생님은 모두 눈을 감으라고 했다.

"방금 중얼거리며 아이들을 웃긴 녀석! 뒤에서 두 번째 줄, 거기 4분단 가운데 말이다. 일어서!"

족집게는 역시 족집게였다. 아이들은 또 눈을 감은 채로 깔깔대며 한바탕 웃어댔다.

"지금 뭐라고 떠든 거야? 바로 대지 못할까? 너 학습부장 맞지?"

빈 선생님은 전체를 상대로 이야기할 때는 꼭 존댓말을 썼지만 어느 개인이 잘못하여 일어서 있을 때는 가차 없이 반말을 썼다. 더욱이 그 사람의 약점을 꼬집어내어 최대한으로 활용하는 게 빈 선생님의 특기(?)였으므로 아이들은 다른 선생님들 앞에서처럼 얼렁뚱땅 넘어갈 수가 없었다. 그러니 배짱 두둑한 화연이도 예외일 수는 없지 않은가. 더 심한 말을 듣기 전에 그대로 자수를 할 수밖에.

"네, 선생님의 성이 빈씨라서."

"그래서? 나더러 골 빈 선생이라고 했단 말이지?"

아이들은 감히 소리는 내지 않았지만 모두 눈이 휘둥그레지고 입이 짝 벌어졌다. 아무리 귀가 밝은 사람이라도 그렇게 정확히 알아들을 수가 있을까.

"그래, 어디 내가 그런 말 한두 번 들었을 것 같으니? 어렸을 때부터 지금까지 가는 곳마다 듣는 말이다. 조상을 탓하는 수밖에 도리 없지. 됐어, 그냥 앉아라!"

'싱겁다!'

화연이 얼굴이 빨개지는 것을 지켜보려고 벼르고 있던 아이들 중에서는 기대에 어긋난 듯 입을 삐죽거렸다. 어쨌든 새 담임 선생님은 족집게처럼 잘도 잡아내어 일으켜 세우지만 용서도 곧잘 해주었기 때문에 아이들은 아버지 같은 빈 선생님이 그리 싫진 않았다.

"에, 가을은 천고마비의 계절이라, 하늘이 높고 말이 살찌는 때이니만큼 여러분도 실컷 먹고 싶은 대로 먹도록 하세요."

"우훗!"

선생님이 무슨 말을 이어갈지 모르지만 아이들은 뚱뚱한 호숙이 쪽으로 눈을 돌리며 '까륵 까르르' 웃었다. 요즈음 여학생들이 살찌지 않으려고 얼마나 발버둥을 치며 아침 식사를 대부분이 거르고 다닌다는 걸 선생님은 전혀 모르시는 것 같았다.

지난주 물상 시간이었다.

"지금부터 지구의 반지름 측정을 하겠습니다. 각자 교과서에 나온 공식을 보고."

도대체 물상 시간인지 수학 시간인지 구별이 안 되었다. 그 복잡한 계산을 하느니 차라리 책이나 보겠다는 아이들이 눈여겨보면 한 분단에 두세 명은 넘을 테지만, 그들은 요령껏 선생님의 눈을 잘도 피해

읽어 내려갔다. 그런데 아이들이 문제를 푸는 동안 비교적 노처녀쪽에 가까운, 머리를 뒤로 꼭 잡아 묶어 얌전하게 뵈는 정 선생님이 분단과 분단 사이를 순시하고 있었다. 책을 읽던 아이들은 재빠른 동작으로 책상 속에 책을 밀어 넣고 시치미를 뚝 따고 앉아 있었으나 진희는 책 속에 빠져들어 물상 선생님이 자기 옆 자리에 서서 한동안 같이 책을 읽고 있었음을 전혀 느끼지 못한 것이다.

"김진희 학생, 어디서 이런 멋진 책을 구했을까?"

선생님이 책을 빼앗은 것은 진희가 손가락에 침을 발라가며 연이어 서너 페이지를 넘긴 후였다. 곁에 앉은 소라가 눈짓을 하고 옆구리를 몇 번씩이나 찔러 주었는데도 진희는 끄떡도 안 했기 때문에 사태는 돌이킬 수 없는 형편이 되고 말았다.

"남녀 공학이라. 어디 내가 한 번 보고 나쁘지 않은 책이면 돌려줄 테고."

정 선생님은 교탁 위에다 진희로부터 빼앗은 책을 올려놓고는 다시 수업을 계속하였다. 그런데 다음날 진희가 물상 선생님을 만나보고 돌아오는 모습에서 일이 쉽게 풀리지 않았음을 짐작할 수 있었다.

"나는 너희들이 아주 순수하고 착실한 여학생들인 줄만 알았는데, 어쩌면 그렇게들 앙큼스럽지? 이제 겨우 중학생들이 수업 시간에 몰래 보는 책의 내용들이라는 게."

물상 선생님은 아예 한 시간 동안을 따로 잡아서 훈계를 할 작정이었다.

"선생님, 그 책은 저도 보았는데요. 요즈음 아이들 그 정도는 다들 상식으로 알고 있어요. 전에 성교육 시간에도."

"뭐라고? 아니, 넌 이름이 뭐지?"

노발대발 화가 난 물상 선생님에게 부채질을 한 아이는 다름 아닌 미진이었다.

"맙소사! 너 학생부에 수도 없이 끌려 다니던 아이, 맞지? 2학기 들어 얌전해졌나 했더니 그 버릇 개 주겠니?"

"선생님! 진희는 나쁜 애가 아니에요."

나래의 말에 교실 전체가 웅성거리기 시작했다.

"선생님, 우리를 이해해 주세요."

"뭐야? 이런 당돌한 녀석들 같으니."

"하여튼 난 너희들에게 실망을 했어. 그 많고 많은 책 중에서 겨우 골라 읽는 것들이 그 정도 수준이냐 말이다."

"선생님, 그 책 내용이 어떤 것이어요? 우린 아직 못 읽었는데."

"뭣이라고?"

누군가의 말에 물상 선생님 얼굴은 잘 익은 홍시처럼 변해갔다.

"저희들이 많이 읽는 로맨스 시리즈는 그보다 더 야한 걸요."

"이 녀석들이 누굴 놀리는 거야?"

결국 물상 선생님은 화가 머리끝까지 뻗치고 아이들은 선생님의 명령에 따라 모두 눈을 감은 채 숨을 죽이고 있었다.

"난 너희들처럼 되바라진 학생들을 가르칠 능력이 없어. 최경진 선생님이 계실 때는 죽는 척이라도 하던 녀석들이 2학기 들어서 담임이 바뀌더니 엉망이 됐어."

"선생님, 그건 잘못 보신 거예요. 우리 선생님 얼마나 무서우신데요. 그리고 다른 선생님들께서는 저희더러 놀라울 만큼 모범생이 되어간다고 다들 칭찬을 하셨어요."

"그런데 나만 공연히 너희들을 미워한다는 거니?"

"선생님은 단순히 진희가 빼앗긴 그 책 한 권을 놓고 저희 학급 전체 아이들을 불순하게 보고 있기 때문에 저희들도 기분이 안 좋다는 말씀을 드리고 싶어요."

"네, 정숙이의 말이 맞아요!"

"선생님, 오해하지 마세요."

어느새 아이들은 모두 눈을 뜨고 물상 선생님에게 항의라도 하듯 한마디씩 했다. 결국 물상 선생님은 붉으락푸르락 화난 얼굴을 더 이상 아이들 앞에서 보이기 싫었던지 교실문을 '꽝!' 닫고 나가 버렸다.

"물상 선생님, 혹시 좋아하는 남자한테서 딱지 맞은 거 아니니?"

"노처녀의 자존심에 먹칠을 한 거야. 그 되지 못한 책이 말이다."

"그러게 양서를 읽으라고 하지 않았니?"

아이들은 뒤에 또 무슨 일이 벌어질지 걱정이 되면서도 한편으로는 순진하기 짝이 없는 물상 선생님의 당황하는 모습에서 더없는 재미와 스릴을 느꼈다.

"이 녀석들 조용히 못해! 그 순하고 인정 많은 정 선생님이 그토록 화가 나신 걸 보면 너희들이 얼마나 짓궂게 굴었는지 짐작이 가고도 남는다."

나이가 든 과학실의 돋보기 생물 선생님은 들어오자마자 호통을 쳤다. 수업 시간마다 책을 펴기 전에 생물 선생님은 꼭 혼잣말로 '내 돋보기!' 하며 허리에 차고 다니는 돋보기와 평소에 쓰고 다니는 안경을 바꿔 썼기 때문에 붙은 별명인 것이다.

"그래, 물상 선생님한테서 대강 이야기는 들었다만. 그 문제의 책도 얼핏 보았고. 그야, 받아들이는 사람 개개인의 인격에 달려 있는 게지. 올바른 판단력을 가진 학생이라면 문제는 없을 테니까."

"그럼 물상 선생님의 인격은 우리와 비슷한 건가요?"

뒤에서 말한 학생이 누구인지 몰라도 아이들은 가슴이 섬뜩했다. 일이 더 확대되면 안 될 텐데. 별 일도 아닌 걸 가지고 여학생들의 호들갑이 너무 심한 것 같았다.

"선생님, 저희들이 잘못했어요. 제가 물상 선생님을 다시 모셔 오겠어요."

반장이라는 책임보다도 나래 자신이 너무 군중 심리에 휘말려 아무 말이나 심사숙고하지 않고 내뱉은 것 같아 죄스럽다는 생각을 한 것이다.

"좋아, 빨리 가서 선생님을 모셔 와!"

"선생님, 우리 담임 선생님께는 이 사실을 비밀로 해 주시겠어요?"

그래도 아이들이 가장 무서워하는 분은 담임 선생님이다.

"그래, 물상 선생님이 용서를 하면 되겠지."

생물 선생님은 일없이 돋보기를 접었다 폈다 하면서 아이들 한 사람 한 사람을 쳐다보며 의미 있게 웃었다.

"그 책을 맨 먼저 누가 가져왔지?"

"학급 문고에 섞여 있었어요. 전 만화책을 좋아하기 때문에 무심코 꺼내 읽었는데."

"저도 중간 중간에 만화가 섞여 있어서 재미있게 읽었어요."

"그게 문제야. 지금 아이들은 대부분이 인내심이라든가 끈기가 부족하여 긴 글로 된 책 한 권을 제대로 읽어내지 못한단 말이야. 하여튼 너희를 진정으로 생각하는 선생님의 깊은 뜻을 잘 헤아려 용서를 빌도록. 알았지?"

생물 선생님은 쉬는 시간 종이 울리자 곧바로 나갔기 때문에 긴 이야기는 나누지 않았다. 그런데 나래는 혼자 나타났다. 물상 선생님이 묵비권을 행사하신다는 것이다.

"할 수 없어. 김진희! 네가 무릎 꿇고 비는 수밖에."

"그래, 사건의 주인공은 네가 분명하니까 대표로 가봐."

진희는 아이들에게 떠밀려 하루에 꼭꼭 한 번씩 과학실에 가서 물상 선생님을 만나고 왔다. 그렇지만 일주일이 넘도록 물상 선생님은 수업 시간에 들어오질 않았다. 대신 인쇄물을 보내어 한 시간 내내 문제를 풀게 하고 반장인 나래를 시켜 답을 맞추게 하는 것이 고작이었다. 아이들은 이 일을 어떻게 해결해야 할지 이마를 맞대고 머리를 짜냈지만 신통한 답이 떠오르질 않아 끙끙댈 수밖에 도리가 없었다.

11. 길모퉁이 헌책방

"맞아, 좋은 생각이 떠올랐다. 나래야, 내 생각이 어때?"
"뭔데, 말을 해야 알지."
집으로 가는 길에 정숙이 갑자기 나래를 불러 세웠다.
"정 선생님 마음을 돌릴 묘책이라도 떠오른 거야?"
"우리가 선수를 치는 거야. 너랑 나랑 내일이라도 정 선생님을 찾아가서 아주 정중하게 잘못을 빌고 나서…."
"어디 우리가 한두 번 찾아가서 빌었니? 그 선생님 고집도 대단하셔."
"그래, 최 씨, 강 씨, 다음으로 정 씨 고집이라더라. 실은 우리 어머니도 정 씨이거든."

"하하하, 그래 본론을 이야기해 봐."

"어쨌든 수업을 제대로 못 받으면 우리만 손해잖니? 그러니까 정 선생님께 우리가 이 가을에 읽을 만한 책들을 추천해 주실 수 없는지 넌지시 의향을 떠보고 부탁을 하는 거야."

"글쎄. 하지만 정 선생님이 금방 응해 주실까? 그리고 시험공부에만 매달리는 아이들이 책 읽을 시간이 어디 있다고."

"그런 소리 마. 쉬는 시간 틈틈이, 머리를 식히기 위해 책을 즐기는 아이들이 제법 많아. 너만 빼놓고."

"그렇다면 우리 학급에도 읽을 만한 책들이 많다는 이야기 아니냐?"

"그러니까 도서부장에게 부탁하여 우리에게 유익한 책들은 남겨두고 그렇지 않은 책은 폐품으로 내게 하는 거야. 그리고 선생님이 추천하는 책을 몇 권 더 추가하는 것도 멋진 일이 아니겠니?"

"역시 네 생각은 아주 건전해. 꼭 새 책이 아니더라도 좋겠지?"

"얘들아, 잠깐만!"

뒤에서 귀에 익은 목소리가 들렸다.

"어머나, 우람이 오빠!"

나래와 정숙이가 똑같이 반가워하며 돌아섰다.

"정말 오랜만이구나."

"오빠, 학교 공부 다 끝났어?"

"아니야, 저녁 먹으러 나왔다가 이 옆 골목에 헌책방이 새로 생겼기에 책을 한 권 사가지고 나오는 중이야."

"헌책방이 생겼어?"

"응, 저기 우리가 자주 가던 떡볶이집 옆에. 오락실이 없어지고 책방이 생겨서 여간 잘된 게 아니야."

"잘됐다, 그치? 문방구에서 파는 책들은 대부분이 참고서뿐이었는데. 그래 오빠는 책 읽을 시간이 있어?"

"응, 잠깐씩 들여다보는 건데 큰 지장은 없어. 나 다 읽고 나서 너희들에게 빌려줄게."

"그래, 오빠. 나한테 먼저 빌려줘야 해! 알았지?"

"하하하, 너희들이야 쌍둥이처럼 붙어다니면서 누구에게 건네든 마찬가지 아니냐?"

"히익! 그건 그래."

"다음에 또 보자, 잘가!"

우람인 시간에 쫓기는지 시계를 보며 D외고가 있는 언덕길로 바삐 올라갔다.

"참 너희 집은 요사이 별일 없지?"

"별일은?"

"아니, 네가 또 고민에 빠져 남몰래 언니의 일기장을 뒤져본다든가, 아빠, 엄마를 의심한다든가 하는 일이 없어졌느냐는 이야기지."

"계집애, 다 지나간 이야길 왜 또 새삼스럽게 끄집어내고 그러니?"

"글쎄, 계절 탓인가 봐. 무언가 소설 같은 사건이 내 주변에서 일어났으면 하는 엉뚱한 생각 말이다."

"하하하! 정숙이 너답지 않게 무슨 말을 그렇게 하니?"

"히야, 네가 그렇게 큰소리로 웃는 걸 보니 이 가을에 좋은 일이 꼭 생길 것 같은 예감이 드는데?"

"좋은 일이야 우리 언니에게나 있지, 내게 무슨 일이 생기긴."

"야, 우리 말 나온 김에 저 아래, 길모퉁이 헌책방에 들렀다 가자. 또 아니? 허전한 마음을 달래줄만한 좋은 책이 우리를 기다리고 있을는지."

"그래, 가 보자. 살만한 책이 있으면 눈여겨 봐 두었다가 다음에 사더라도."

"다음에 사긴? 오늘 당장 사야지."

"난 돈이 없는걸."

"걱정 마, 이번 추석 때 우리 큰댁에서 난 용돈을 넉넉히 타가지고 왔으니까 헌책 값이 아무리 비싸봤자 일이천 원을 넘겠니?"

"그래, 세배를 한 것도 아닐 텐데 큰댁에 가서 용돈을 타오다니?"

"너희들이야 나더러 선머슴에 같다고 하지만 이래 뵈도 난 우리 큰댁에서부터 작은댁까지 찾아보기 힘든 우리 가문의 외동딸이지 뭐냐. 그러니 이래저래 귀여움을 독차지 할 수밖에."

"아, 그래서 네가 더욱 남성 같은 기질이 살아나는 거구나. 남자들 속에서만 자라났으니."

"그래, 너희 집과 우리 집은 아주 대조적이지 뭐냐? 우리 오빠들 방문을 한 번 열어볼라치면 숨이 막혀! 정리 정돈이라고는 전혀 되어 있지 않은 방 안에서 웬 사내 냄새는 그렇게 나는지."

"알았다. 그만 해라."

나래가 헌책방 앞에서 발을 멈추며 정숙의 말을 가로막았다.

"안에 머슴애들만 가득하잖아?"

책방 안을 들여다보며 정숙이 흥미 없다는 듯 뒷걸음질을 쳤다.

"어떠니? 들어가서 구경하자."

여느 때와는 달리 나래가 먼저 앞장을 서서 책방 안으로 들어갔다.

"아, 안녕하십니까? 오래간만입니다."

벽 쪽으로 즐비하게 늘어놓은 문학 서적 코너로 눈길을 보내고 있는 나래에게 누군가가 굵직한 목소리로 아는 체를 해온 것이다.

"네, 무척 오래간만입니다."

나래가 소리의 주인공을 찾아내기 위해 몸을 돌리는 사이에 정숙이 재빠르게 대답을 하고 나섰다.

1학기 때 만우절 소동으로 알게 된 9반의 차민수라 하는 남학생이었다. 그 동안 한 달에 한 번 정도는 대의원회의 때마다 만나긴 했지만 개인적으로 사담을 해본 일은 없었기 때문에 나래는 고개만 끄덕여 답례를 하고 계속해서 책 고르기로 들어갔다.

"얘, 너 하디의 《테스》는 벌써 읽었지?"

"응, 그런데 다 읽진 못했어. 언니가 읽을 때 건성으로 넘겨보기는 했지만."

"그래, 공부도 공부지만 독서의 계절에 책 한 권 정도는 읽고 넘어가야겠지. 아저씨 이 책 얼마에요?"

정숙이 책방 주인에게 다가가자 민수는 책 한 권을 뽑아가지고 나래 곁으로 오며 말을 건네었다.

"이런 책이 부담 없이 재미있지 않을까요? 자 봐요, 최불암 시리즈."

민수가 나래 앞에 책을 디밀자 나래는 민수에게 하얗게 눈을 흘기고는 책 한 권을 뽑아 가지고 카운터 쪽으로 나왔다.

"그 책을 골랐니? 제목이 뭐야?"

"응, 《쿼바디스》, 영화로는 보았는데 책으로는 못 읽었거든."

"너 읽고 나에게도 빌려줘. 알았지?"

"야, '쿼바디스'가 뭐냐?"

민수가 자기 반 친구에게 묻는 말이었다.

"뭐라고? '쿼바디스?' 그게 어느 나라 말이냐?"

"아휴, 무식한 친구들아, '주여, 어디로 가시나이까?' 그것도 모르니?"

제법 아는 체를 하는 남학생이 있어 나래와 정숙인 함께 뒤돌아보았다. 몸무게가 80kg은 훨씬 넘어 보이는 남학생이 빙그레 웃으며 눈인사를 보내왔다.

"그건 또 무슨 주문 외우는 소리다냐?"

민수 옆에 서 있는 익살스럽게 생긴 친구의 말투로 봐서 고등학생 같아 뵈던 그 남학생도 중학생임에 틀림이 없었다.

"빨리 가자."

나래와 정숙이 부리나케 길모퉁이를 돌아 아랫길로 접어들 때였다.

"저, 그 책 다 보고 나서 저 좀 빌려 봅시다."

뒤를 돌아보니 아까 서점에서 본 그 덩치 큰 남학생이었다.

"책방 안을 더 뒤져보면 나올 텐데, 어디 이 책이 한 권 뿐인가요?"

정숙이 말을 가로채며 나래의 팔을 잡고 더 빨리 걷자 그 남학생은 더 이상 따라오는 것 같지는 않았다.

"야, 그 아이 우람이 오빠보다도 더 크지 않니? 너 아는 남학생이냐?"

"아니, 몸무게는 몰라도 우람이 오빠보다는 키가 작던걸 뭐."

"그런데 처음 보는 사이에 무슨 책을 빌려 달라는 거야? 혹시 너한테 관심을 가지는 게 아니냐?"

살그머니 나래의 옆얼굴을 훔쳐보는 정숙의 만면에는 장난기가 가득 넘쳤다.

정숙과 헤어져 오는 길에 화연을 만났다.

"그런데 나래야."

"뭔데, 물어봐."

나래는 무엇이든 알고 있는 한 대답해 줄 용의가 있음을 밝혔다.

"너, 우리 물상 선생님 어떻게 생각하니?"

"어떻게 생각하긴?"

"좀 얄밉지 않아?"

"아니, 그렇진 않아. 왜? 우릴 야단쳤기 때문에?"

"그래서라기보다는 그 선생님 마치 우리하고 싸우기라도 하려는 듯 왜 그러는지 모르겠어. 진희가 그만큼 가서 빌었으면 되지 않니?"

"글쎄."

나래는 아무래도 화연의 입에서 무슨 심상찮은 말이 튀어나올 것 같아 마음이 조마조마했다. 그렇지 않고서야 나래를 따라와서까지 말할 필요는 없지 않은가.

"선생님을 원망하기 전에 우리 스스로도 반성해야지. 질 낮은 책을 읽은 거라든가, 선생님에게 마구 대든 것도 우리들 잘못이지 뭐."

"얘 좀 보게. 난 너를 그렇게 보지 않았는데. 너 지난 물상 시간에 큰 소리로 말했지. 그러니까 말이야, 정 선생님이 미진이를 나무랄 때 미진인 나쁜 아이가 아니라고 대들었지 않았느냐 말이야."

"응, 그건 미진이에 대한 선입관 때문에 미진을 계속 나쁘게 보실까 봐 염려되어서 말한 것뿐이야."

"봐라, 그게 그 선생님의 잘못된 점이야. 나이도 많지 않으면서. 참, 우리 학교가 첫 번째 발령받은 학교라니까 경험도 적은 선생님이 너무나 자존심만 내세우는 것 같지 않냐구."

"자존심 내세울 만도 하지. 일류 대학을 졸업하시고 요사인 또 그 대학의 대학원에 나가신다던데?"

"맞아, 내가 그 이야길 너한테 알려주려는 거야."

"무슨?"

"네 언니와 권영일 선생님이 곧 약혼한다고 했던가?"

"응, 그런데 그게 어쨌다는 거야?"

"하지만 너의 언니더러 다시 생각해보라고 해. 더 늦기 전에."

"이해가 잘 안 가는데?"

"나도 권 선생님을 매우 존경한 사람 중 한 명인데, 말해도 될지 모르겠다."

화연인 입가에 살며시 미소까지 띄우면서 뜸을 들이는 것이었다.

나래는 영문을 몰라 화연의 표정만 유심히 살펴보았다.

"아직은 나만 아는 이야긴데 우리 물상 선생님이 권 선생님을 아주 아주 좋아했다더라. 너의 형부가 될 권 선생님을 말이야."

"공연한 소리. 겨우 그거야? 됐어, 잘 가!"

나래는 기분이 언짢아서 화연을 쳐다보지도 않은 채 인사말을 던지고는 동네 골목으로 들어와 버렸다.

12. 고추잠자리

"정말 야비하기 짝이 없는 애야. 날 괴롭히고 싶어서 그런 말을 지어내다니."

나래는 화연이 충분히 그럴 만한 아이라고 생각했다. '차라리 내가 2학기 때는 반장 출마를 끝까지 못한다고 했어야 되는 것을.' 생각할수록 화연의 말이 귀에 거슬려 아무 일도 손에 잡히질 않았다. '하지만 모를 일이야. 권 선생님이 올봄에 외국어 고등학교로 전근 가기 전까지는 정 선생님과 우리 학교에 함께 계셨으니까 거짓말이라고만 볼 수는 없지. 더욱이 여학생들한테 그토록 인기가 높던 선생님이셨는데 처녀 선생님들인들 한두 번쯤 생각해 보지 않았을까.' 더 이상 생각하면 안 될 것 같았다. 이제 겨우 언니와의 갈등, 아니 나래 스스로 비약해서 생각하고 고민했던 부질없는 공상들이 정리된 지 몇 개월도 안 지났는데 그까짓 헛소리로 마음 산란할 필요가 없지 않은가 말이다.

"따르릉!"

"나래야, 전화 받아라."

저녁 식사 후에 침대에 누워서 이것저것 생각에 잠겨 시간을 보내고 있던 나래는 벌떡 일어나 거실로 나왔다.

"접니다. 아까 책방에서 만났던. 참 제 이름을 소개하지 않았군요. 민수의 친구 형석이라고 합니다. 성은 고씨입니다."

나래는 수화기를 잠깐 귀에서 멀리 떼었다가 아무 대답도 안한 채 듣고만 있었다.

"실은 전 체육 특기자로 1학기말에 전학을 왔거든요. 나래 양은 먼 발치서 보아왔습니다. 물론 학교에서도 보았지만 제일 성당에서도 뵈었어요. 이 동네로 이사 온 지 얼마 안 되었기 때문에 얼굴을 안 내밀었습니다. 앞으로는 자주 만날 것 같습니다."

"어떻게 우리 전화번호를 알아냈지요?"

나래가 퉁명스럽게 물었다.

"아, 그야, 친구들 좋다는 게 뭡니까? 제가 알려달라고 졸랐지요. 하하하!"

통쾌하게 웃는 소리에 귀가 따가워 나래는 수화기를 내려놓아 버렸다.

"누구니? 우람 학생이야?"

엄마는 궁금한지 나래에게 물었다.

"아니에요."
"네 남자친구야?"
"엄마는. 남자친구가 어디 있어요? 장난 전화를 걸어온 거예요."
나래는 시치미를 뚝 떼고 자기 방으로 건너왔다.
'오늘은 왜 이렇게 머리가 복잡할까? 마치 헌책방의 땅바닥에서 어지럽게 뒹구는 달 지난 잡지들처럼.'
책을 읽을 마음조차 내키지 않아 나래는 라디오를 틀어놓고 다시 침대로 가 누웠다. 신인 가수가 부르는 '고추잠자리'란 노래가 동요처럼 밝고 명랑하게 들려와 우울한 마음을 조금은 달랠 수 있었다.

점심시간에 정숙과 나래는 자판기에서 커피를 한 잔씩 뽑아 들고 등나무 밑으로 갔다. 벤치 위에도 땅바닥에도 낙엽들이 떨어져 사방으로 구르고 있었다.
"왜 기분 나쁜 일이라도 있니?"
"아니."
"어딘지 좀 울적해 보이는데?"
정숙인 속일 수가 없다. 어느새 나래의 기분을 읽고 물어오는 정숙이 고맙다기보다는 오히려 얄미운 생각이 들었다.
"누군가가 '가을은 서글픈 계절'이라 하더니만 공연히 쓸쓸해지는 게 가을바람 때문일까?"
"글쎄다. 난 너처럼 문학소녀가 아니라서 네 기분을 이해 못하겠다!"
정숙이 또 나래의 사춘기 병이 재발하나 싶어 걱정이 되는지 살그머니 자리에서 일어서는 것이었다. 그리고는 살금살금 테니스장 쪽으로 발을 떼어놓았다. 나래는 별생각 없이 정숙의 하는 양을 물끄러미 바라보며 벤치에 앉아 있었다.

"휘익! 고추잠자리야, 도망쳐 임마!"

굵직한 남학생의 목소리에 나래는 자리에서 벌떡 일어섰다.

"아니, 넌 뭐야?"

이어서 정숙이 화난 목소리에 나래는 어리둥절하여 눈을 한 번 꼭 감았다 떴다. 정숙이 안타까워하며 바라보는 허공으로 고추잠자리 한 마리가 뱅그르 맴을 돌며 날아가고 있었다.

"하하하하, 그게 그렇게 쉽게 잡힐 것 같은가?"

장난기 어린 눈으로 싱글벙글 웃으며 테니스장 쪽에서 나타난 아이는 체육 특기자로 전학을 왔다는 고형석이었다.

"남이 잡으려는 잠자리는 왜 날려 보내는 거야?"

"어디 그 잠자리가 내 소리를 듣고 날아간 거니? 네 행동이 둔하니까 놓친 거지. 자 봐라! 저쪽 풀숲에서 잡은 거다."

그리고 보니 형석인 왼쪽 손가락 사이사이에 고추잠자리의 날갯죽지를 끼워들고 자랑스럽게 손을 들어보는 것이었다.

"얘, 그 잠자리 우리한테 넘겨라!"

"글쎄올시다. 어디에 쓰시려고?"

"그냥 가지고 노는 거지. 예쁘잖아."

"그런 소리 마세요. 이렇게 날려 보내는 거랍니다."

형석이가 왼손을 쫙 펴자 잠자리들은 또 다시 잡힐세라 제각기 멀리멀리 줄행랑을 치며 날아가 버렸다.

"그렇게 날려 보낼걸 뭐 하러 잡았니?"

"잡는 재미지. 살금살금 다가가서 고놈의 꼬리를 이 두 손가락으로 꼭 틀어잡는 순간의 스릴이라니, 너희들은 죽었다 깨어나도 못 느낄 걸? 놈들이 얼마나 빠른데."

"흥, 잠자리채로 잡으면 왜 못 잡니?"

정숙은 형석에게 눈을 흘기며 말했다.

"넌 무슨 특기가 있니? 정구? 아니면 태권도?"

"아니야, 이 덩치를 보면 모르겠냐?"

"아, 역도를 하나 보구나?"

"틀렸어, 씨름이야."

"우리 학교에도 씨름부가 있었나?"

정숙이 나래를 쳐다보며 묻자 나래는 고개를 살래살래 흔들며 모른다고 했다.

"우리 학교에는 없어도 이 옆 D고교에 씨름부가 있거든. 그래서 미리 이쪽 가까운 학교로 전학을 온 거야."

"그렇다면 고등학교는 시험 보지 않고서도 들어가겠구나?"

"물론이지. 그러니까 천 리 타향까지 전학을 오지 않았겠냐."

"그럼 서울 시내에서 온 게 아니었니?"

"먼 데 시골에서 왔습니다. 강원도 두메산골 감자 바윗골에서."

"으하하? 촌닭!"

정숙이 사내처럼 깔깔대며 형석이의 허점이라도 찾아낸 양 호탕하게 웃었다.

"참, 너 그 책 다 읽었냐?"

형석이가 나래를 보며 물었다.
"무얼?"
"지난번에 헌책방에서 골라간 책 말이야."
"응, 아직 다 읽지 못했어."
"여학생들이 책 한 권 읽는데 며칠씩이나 걸리냐? 잘 것 다 자면서 어떻게 책을 읽어?"
"우훗, 얘가 뭘 모르시는구먼. 넌 먹고 자고 운동이나 하면서 세월을 보내니까 편하게 책을 볼 수 있지만 우리는 숙제하랴, 예습·복습하랴, 시험 공부하랴 정신이 없다구."
"뭐가 그리 복잡하냐? 공부한다는 말 한 마디면 될 걸 가지고. 어쨌든 학생은 모름지기 공부를 열심히 해야지."
형석이는 큰오빠가 여동생들을 타이르듯이 점잖게 이야기를 하면서 테니스장 쪽으로 다시 걸어가는 것이었다.
"좀 무식하게는 보여도 제법 믿음직스럽게 구는데?"
정숙이 형석의 딱 벌어진 어깨를 가리키며 말할 때 5교시를 알리는 예비종이 울렸다.
"저 아이 시골에서 온 것 같지는 않는데? 말도 표준말을 쓰고 태도도 당당한 걸보면."
"운동을 하니까 겁이 없어서 그러겠지."
교실까지 걸어가는 동안에도 두 사람의 화제는 형석이 이야기였다.
"아, 너희들 점심시간에 등나무 밑에서 청춘사업하고 오는 거니?"
교실에 들어서자마자 화연이가 뚱딴지같은 소리로 걸음을 멈추게 했다.

"무슨 소리야?"

정숙이 가만히 있을 리 없다.

"창가에서 다 보았다고. 9반에 새로 전학해 온 남학생하고 내내 이야기하다가 들어오는 것 아니냐?"

"그게 어째서?"

"야, 너희들 '얌전한 개가 부뚜막에 먼저 오른다'더니 그러니까 정 선생님이 우리 모두를 그렇게 볼 수밖에."

"저 말하는 입 좀 봐! 아무 말이나 내뱉으면 다 말인 줄 아니?"

"얘들아, 그만 둬. 이러다가 큰 싸움이라도 벌어지겠다. 네가 참아."

나래는 정숙의 팔을 끌고 자리로 들어갔다.

"전화연이 말이다. 왜 그렇게 비뚤어지는지 정말 모르겠어."

하굣길에서 나래는 진심으로 화연일 걱정하며 말했다.

"그 아이 처음부터 그런 성격이었잖니? 변덕스럽기가 칠면조는 저리 가라야. 여옥이 동생 개안 수술도 그렇지. 저의 아버지가 의학박사니까 선행을 할만도 하지. 제가 그토록 생색을 내야만 되겠니? 치사하게시리."

"그런데 정숙아, 우리 물상 선생님이 지금 몇 살이나 됐을까?"

"그건 왜?"

"아니, 그저."

"노처녀라 부르긴 그렇고 아직 서른은 넘지 않았을 거야."

"그렇다면 권 선생님하고도 잘 어울리는 나이니?"

"얘가 또 별안간 왜 이래? 권 선생님은 너의 언니와 약혼할 사이가 아니니?"

"헌데, 화연이의 말이 자꾸만 걸려서 그래."
"화연이가 뭐랬는데?"
"정 선생님이 권 선생님을 아주 좋아했다는 거야. 그것도 저 혼자만 아는 비밀을 특별히 나에게만 알려주는 것이니 참고하라는 듯!"
"얘, 그런 소리 신경 쓸 거 하나도 없다. 아까 교실에서 못 봤니? 공연히 시비를 거는 거 봐라. 그 아이 어떤 때는 도량이 넓은 듯 보이다가도 금세 알 수 없어진단 말이야."
"나도 대수롭지 않게 생각하기로 했지만. 아무래도 화연이 정서가 좀 불안한 거 같지 않니?"
"그래, 맞아. 정서가 불안한 거야. 어쩌면 오히려 그 아이한테 남모를 비밀이 있을지도 몰라. 겉보기엔 부유한 집에서 남부러울 것 없이 자라난 것처럼 보이지만."
"어쨌든 우리가 그 아이를 이해해 주는 수밖에 없어. 공부도 잘하고 똑똑하지만 따스한 인정미는 전혀 찾아볼 수 없었으니까."
"그래, 오늘도 우리 둘이서만 등나무 밑으로 찾아간 게 잘못이었다. 교실에 박혀서 단어 한 자라도 더 외웠어야 하는 건데."

항상 화연과 맞서서 입씨름을 하던 정숙이 오늘은 잘도 참아가며 더 이상 말을 이어가지 않아 참으로 다행이었다.

"얘, 저기 코스모스 가지 위에 잠자리가 앉아 있다."

학교 담길에 즐비하게 피어났던 코스모스 꽃들이 벌써 하나 둘씩 꽃잎이 떨어져나가 이빨 빠진 개구쟁이들의 잇속처럼 엉성하게 보였다.

"아서라, 잠자리가 너를 잡겠다!"

어느새 뒤따라 왔는지 민수와 형석이 짓궂게도 큰소리를 내어 나래가 잡으려던 잠자리도 멀리 날아가 버렸다.

"잠자리가 맴을 돈다, 머리 위에서. 어지럽다, 어지럽다. 세상이 돈다."

민수는 마치 시라도 외우는 것처럼 날아가는 잠자리를 바라보며 흥얼대었다.

"네가 뭐 '소나기'에 나오는 소년이라도 되니? 어지럽긴 뭐가 어지러워?"

"야, 넌 여자애가 왜 그렇게 무뚝뚝하니? 그러지 말고 우리 오늘 볼링장에 함께 가면 어떨까?"

"뭐? 볼링장?"

"그래, 여기서 고형석이가 에버러지 200을 보여주겠단다. 자 어때?"

"정말이니? 네가 그렇게 잘 해?"

정숙이 금방 호기심이 생기는 양 형석의 옆으로 바짝 다가가며 묻는 것이었다.

"난 그냥 집에 갈래."

"나도 마찬가지야. 저희들이 우리와 언제부터 친했다고 예고도 없이 볼링장을 가자하는 거야?"

정숙도 태도를 바꾸며 층계 쪽으로 방향을 바꾸는 나래의 뒤를 쫓아왔다.

"그래, 그럼 우리 중간고사 끝나고 한 번 만나자. 볼링장 정도는 괜찮지 않을까?"

"좋다구, 나도 볼링은 좋아하는 편이니까."

정숙이 뒤를 돌아보며 손까지 흔들어 주었다.

"너도 볼링을 잘 치는 편이니?"

"응, 주말 같은 때 우리 오빠들을 따라가서 좀 쳐보았지 뭐. 어쩌다가 스트라이크가 한 번이라도 나오면 얼마나 통쾌한지 스트레스 해소에는 제일이야."

"난 구경만 했지, 쳐보질 않아서 그런 데는 안 갈 거야."

"누가 지금 가쟀니? 중간고사 끝나고 말이다. 그 애들도 네가 전교 일등을 한다는 것쯤이야 모르고 있을 리 없으니까."

"또 그 소리."

"맞다. 우리 되도록 공부이야긴 하지 말자고 했지? 학교 밖에서는."

"이젠 완연히 가을이로구나. 아침, 저녁으로 쌀쌀해지고 저기 하늘 좀 봐. 아무리 대기 오염 운운해도 계절은 못 속여."

"그래, 모처럼 파아란 하늘에 흰 구름이 두둥실 떠가는구나. 얘야, 우리 선생님 이 계시는 시골 하늘은 더더욱 푸르겠지?"

"물론이고말고. 지난여름에 보았던 밤하늘의 별들은 영원히 잊지 못할 것 같아."

나래와 정숙이 또 여름 방학 때 시골에 가서 지냈던 즐거운 추억을 떠올리며 이야기를 계속하였다.

"너희들 왜 이렇게 늦게 다니는 거야? 어디 임금님 뵙기보다 더 어려워서야. 나 여기서 한 시간 동안 너희들을 기다렸다면 믿어주겠남?"

돌계단 맨 아래층에 쪼그리고 앉아서 읽던 책을 덮으며 말하는 아이는 뜻밖에도 시골뜨기 여옥이었다.

13. 숨겨진 진실

"너 웬일이야?"
"응, 너희들을 기다렸어. 헌책방에서 사온 시집을 읽으면서."
"우린 오늘 청소 분단이었잖니. 그래 어쩐 일이야?"
"아까 학교에서 물어보려 했는디 너희들이 화연이랑 다투어서 기분이 나쁠지 몰라 말을 못 꺼냈어. 시골에 계신 최 선생님의 주소를 알 수 있을까 해서 말이여."
"그야, 알 수 있지. 헌데 우리 집에 주소가 있는데 함께 갈까?"
"아니, 내일 학교로 적어 오면 안 되냐? 편지는 벌써 써 놓았는데 미루기만하고 부치질 못했걸랑."
"참, 네 동생 눈은 완쾌된 거야?"

"응, 아직은 안경을 쓰지 않으면 물체가 두 개로 보인다지만 곧 괜찮아질 거래."

"하여튼 주소를 알려줄 테니까 우리 집에 가도록 하자. 일부러 초대도 하려니와 잘됐다."

여옥이는 조금 망설이다가 나래의 뒤를 따랐다. 정숙인 학원에 갈 시간이라며 헤어졌다. 여옥은 나래네 대문 앞에서부터 사방을 둘러보며 말했다.

"니 동네 사람들은 모두 잘 사나 보구나. 집들이 모두 좋은디? 뜰도 넓고."

"오래된 주택가니까."

나래는 대문을 따주는 엄마에게 여옥을 소개했다.

"네가 동생의 눈을 뜨게 하려고 애썼다는 착한 여학생이로구나. 신문에 실린 네 글도 읽었지. 그래, 부모님도 편안하시고? 동생 개안 수술은 잘 되었겠지?"

나래 엄마는 기다리던 손님이라도 온 것처럼 반가워하며 여옥이가 소파에 앉자마자 여러 가지를 묻는 것이었다.

"엄마, 우리끼리 얘기할게요. 너 우리 집에서 자고 가도 되지?"

"그래라, 모처럼 놀러왔는데."

"아니에요. 내일 아침 일찍 신문도 돌려야 하고."

"참, 그렇지!"

엄마가 부엌으로 가자 나래는 여옥의 손을 잡고 자기 방으로 들어갔다.

"너희 집 정말 부자다야, 없는 게 없구먼. 피아노도 있고 저게 오디

오제?"

여옥이는 거실에서부터 나래의 방에 들어온 뒤에도 여기저기를 둘러보며 부러워하는 마음을 숨기지 않았다.

"부끄럽다. 우린 그저 집안에 있는 물건들이 항상 있는 것이려니 할 뿐이지. 별로 활용하지도 못해."

나래는 지난여름에 찾아갔던 여옥이네 시골집 그 초라한 모습을 떠올리며 여옥이 눈에 자기 집이 너무 호화스럽게 비치지나 않을까 은근히 걱정이 되었다.

"화연이 저의 아버지 자랑을 할만도 하지? 네 동생 개안 수술을 성공시켰잖아, 그렇지?"

"우리 부모님들도 무척 고마워하신다. 매우 훌륭하신 분 같아."

"또 그 수술비를 대주신 최경진 선생님은 더더욱 훌륭하시지?"

"물론이여. 난 그 은혜 평생 잊지 못할 거다. 그런데 나래야, 내가 한 가지만 알려주겠는데 이건 절대로 비밀이야. 알았지?"

"뭐가?"

다과상을 앞에 놓고 여옥이는 벼르기라도 한 것처럼 낮은 소리로 말했다.

"전화연이 말이다. 알고 보면 그 애 가엾은 아이여."

"무슨 이야기를? 박사 아버지에 서예가 어머니, 좀 유명한 사람들이니? 내가 알기로는 그 분들이 우리 학교 과학실에 있는 컴퓨터 60여 대를 기증하신 분들로 알고 있는데?"

"아서라! 그게 사실이냐?"

"우리 엄마한테 들은 이야기야. 그 말도 퍼뜨리면 안 돼."

"글쎄 말이다. 그렇게 유명한 분들이 아이를 갖지 못했다는 거구먼."

"뭐라고? 화연이 있잖아."

"아니어, 화연인 그네 아버지가 밖에서 데려온 아이랑게."

"밖에서? 그럼 그 애도 입양해 왔단 말이니?"

"아니, 아주 나이 차이가 많은 호스티스와 눈이 맞았대나 어쨌다나."

"호스티스?"

"아, 그려. 난 그 얘기를 우리 철이 눈 수술할 때 들었는데 아직 아무에게도 말한 일이 없어. 네게 처음으로 말하는 거니까 정숙한테도 말하지 말라구."

"……."

나래는 무슨 말로 대답을 해야 할지 몰라 여옥이의 눈만 빤히 바라보았다.

"너 누가 하는 얘기를 들었었니?"

믿기지 않았지만 기왕 들은 이야기니 한번 더 확인하고 싶었다.

"여름 방학 때, 내가 철이 뒷바라지를 하느라 병원 입원실에서 며칠 지냈지 않남? 나더러 어떻게 시골에서 이 안과를 알고 찾아 왔느냐고 묻는 수간호사에게 원장 선생님 딸인 화연이랑 내가 같은 반이라고 말하지 않았겠냐."

"응, 그래서?"

"그런데 자기들끼리, 그러니까 그 옆에서 수발을 하여주는 젊은 간호사에게 나이 든 수간호사가 아주 작은 소리로 화연이 이야길 꺼내는 것이여. 나도 건성으로 들었는데 호스티스라는 말에 호기심이 생겨 안 듣는 척하며 다 들었지 뭐냐. 난 처음엔 호스티스가 뭔 말인지도 몰랐다니께. 원래 난 영어에 약하지 않냐?"

"됐어, 그만 해라."

나래는 책상 위에 있는 카세트를 틀었다.

'낮말은 새가 듣고 밤 말은 쥐가 듣는다'는 말도 있는데 누군가가 듣지는 않았을까 가슴이 콩닥콩닥 뛰었다.

"그러니께 내 말은 너희들도 화연일 나무래지만 말고 이해를 잘해주어야겠다는 소리여."

"알았어, 고마워. 그런데 화연이도 그 사실을 알고 있다던?"

"물론이지. 그러니께 날로 성질이 비뚤어지는 거 아니겠남? 어렸을 때는 아주 순하고 착했다더라. 똑똑하고."

"지금도 똑똑하긴 하지. 그렇다면 열 번이고 내가 반장 출마를 안 했어야 했어. 화연을 밀어줬어야 하는 건데."

"그건 안 되는 말이여. 아이들이 너를 더 좋아하는데?"

여옥이 저녁을 먹고 떠난 뒤 나래의 기분은 착잡하기만 했다. 금방이라도 전화를 걸어 정숙에게 이야길 전해주고 싶었지만 여옥의 당부를 생각하며 꾹 참기로 했다. 다만 시시때때로 맞서며 다투려드는 화연과 정숙이 사이에서 중간 역할을 잘해내는 수밖에. 나래는 엇그제 화연이가 쫓아와서 한 이야기를 떠올렸다.

'그래, 자라온 환경이 개인의 성격에 미치는 영향은 무시할 수 없어. 그렇다면 권 선생님과 물상 선생님 이야기는 없었던 일로 무시해도 되겠군.'

그렇게 생각하니 가슴에 걸린 체증이 금방 내려가는 것 같아 살며시 미소를 머금었다. 그러나 나래는 이내 우울한 마음을 금치 못했다.
'난 내가 입양된 아이가 아닌가 하는 상상만으로도 몇 달씩을 가슴앓이로 괴로워했고 그렇지 않다는 걸 안 뒤에도 언니와 내가 친자매가 아님을 놓고 얼마나 고민을 했었는데.'
화연의 심정은 어떠할까? 겉으로는 큰소리치며 자신만만하게 행동하지만 남몰래 삭이는 아픔을 어찌 말로 다 형용할 수 있을까? 나래는 남의 일처럼 느껴지지 않아 방안을 왔다 갔다 하다가 헌책방에서 구해온 《쿼바디스》를 펼쳤다.

"엄마, 왜 저를 깨우지 않았어요? 학교에 지각하게 생겼네!"
리기아가 비키니우스를 그 청순한 사랑으로 감화시키는 장면을 꿈꾸다가 늦잠을 자버린 나래가 허둥대며 밖으로 달려 나왔다.
"오늘이 무슨 요일인데 그러니?"
"하하하하!"
거실에서 신문을 보고 있던 아버지가 언니의 말에 한바탕 소리 높여 웃었다.
"어머나, 오늘이 일요일이었네!"
나래는 열없어서 금방 방으로 다시 들어갔다.
"얘야, 밥 먹고 성당에 안 가니?"
요즘 들어 많은 시간을 부엌에서 보내고 있는 언니가 다시 나래를 불러내었다.
"응, 준비 다 됐어."

새침데기 언니가 결혼 말이 나온 후로 권 선생님을 위해서 요리를 배우고 있다는 게 나래로서는 조금 얄밉다는 생각이 들었다. 하지만 한편으로는 엄마 곁에서 다정하게 일손을 거드는 언니의 모습이 한 폭의 그림처럼 아름다워 보였다.

도대체 왜 그런 유언비어가 떠돌아 가지고 토론이 길어지는지 모르겠어."
"우리 성당 신부님 말씀대로 휴거의 날은 하느님만이 아신다니까 우리까지 동요될 필요는 없다고 생각해."
예배를 마치고 나오며 중·고생반 아이들은 저마다 한마디씩 중얼대었다.
"그 사람들이 말하는 다음달 그날이 바로 내 생일인데 공교롭게도 똑같단 말이야. 넌 거기에 대해서 어떻게 생각하니?"
"어떻게 생각하긴? 그날이 오면 알 일이지만 어디 그날 생일인 사람이 한두 사람이니? 크리스마스에 태어난 사람도 부지기수인데."
"하기야, 그래. 혹시 난 이팔청춘 꽃다운 생일을 놓치지나 않을까 은근히 걱정이 되어서 말이다."
"아이고, 그런 데 신경 쓸 여가 있으면 성경책 한 줄이나 더 읽어라. 올해에 휴거가 오느니 마느니 하는 말이 떠도는 나라도 유일하게 우리나라 하나뿐이라더라. 더욱이 모 교회 목사는 신도들이 전 재산을 바쳐 내놓은 거액의 헌금을 자기 개인 통장에 정기 예금으로 예치시켜 놓았다는 뉴스도 못 들었니? 자신은 휴거를 믿지 않으면서 신도들만 속이며."

"사이비 종교가 우후죽순 격으로 생겨나와 판을 치는 세상이니까."
 뒤에서 시끄럽게 떠드는 남학생들이 도대체 누구인가 뒤돌아본 나래는 자기도 모르게 고개를 숙이며 목을 움츠렸다. 다음달이 생일이니, 어떠니 하고 목소리를 높인 아이는 엊그제 만났던 형석이었기 때문이다.
 "현희야, 이쪽 길로 가자."
 나래가 현희의 팔을 잡아끌자 이유를 모르는 현희는 왜 그러느냐며 가던 길로 곧장 가자고 했다.
 "저 강나래 씨, 우리 오늘 어린이 대공원에 들러 맑은 공기를 좀 쏘이고 가면 어떨까요?"
 형석이는 아까부터 줄곧 나래의 뒤를 쫓아왔다며 앞을 가로막는 것이었다.
 "에구머니나, 너 이 남학생과 아는 사이니? 그래서 다른 길로 가자고 했구나. 소문날까 봐서? 걱정 마, 난 아무 말이나 떠벌리지는 않으니까."
 현희는 두 사람의 얼굴을 번갈아 보며 놀리듯 말했다.
 "아니 뭐, 우리 둘이만 가자는 게 아니고 갈 수 있는 사람들은 다 가자고요. 여기 민수와 동우 그리고 병혁이도 갈 테니까."
 "그래, 좋아. 날씨도 맑고 화창한데 우리 바람이나 쏘이고 가야야. 저 하늘 좀 봐라. 서울의 하늘이 이처럼 파란 적은 거의 없었지?"
 현희는 두 번 생각할 것도 없이 흔쾌하게 승낙을 했다.
 "우리 학교에도 저런 핸섬 보이가 있었니? 몇 반이야?"
 현희는 옆에 있는 3반의 슬기와 진경이까지 끌어들였다.

"현희야, 난 바빠서 먼저 갈게."

나래가 머뭇거리며 뒷걸음질을 치자 뒤에서 소라가 등을 떠밀다시피 하며 함께 가기를 졸랐다.

"그럼, 너무 오래 있지 말자. 내일 모레 곧 중간고사가 있지 않니?"

"정말이지 공부벌레는 다르다니까. 하느님 말씀대로 일요일에는 쉬게 되어있다고. 공부도 일이야, 일!"

아이들에게 집중 공격을 받게 되자 나래는 하는 수 없이 고개를 끄덕였다.

공원 안 숲에도 단풍이 든 나무들이 제법 울긋불긋하게 조화를 이루어 아름다운 경치를 한껏 과시하고 있었다.

"저어기, 연못가에 있는 벤치가 어떨까? 잠자리들이 떼로 날아다니는데?"

"우리 팔각정으로 올라가 분식이라도 좀 먹고 보자야. 금강산도 식후경 아닌감?"

체격이 큰 형석은 벌써부터 먹을 것 타령이었다.

"그러자. 점심때도 지났는데 간단하게 요기를 하자."

아이들은 우르르 팔각정으로 올라갔다.

"아홉 명이라. 선불이랍니다."

민수가 아이들에게 손을 내밀자 여학생들은 모두 도리질을 했다.

"너희들이 우리더러 가자고 했잖아. 오늘 용돈은 모두 헌금으로 내 버렸으니 어떻게 하지?"

"이런 얌체들, 그럼 식당엔 오지 말았어야지."

동우는 금방이라도 여학생들을 몰아낼 듯이 장난스럽게 주먹을 내

두르며 소리를 쳤다.

"됐다, 됐어. 여기 돈 있다구."

"어머나, 믿음직스러워라. 과연 우리의 호프, 매니저, 대부님이셔. 고형석씨라 했던가요?"

말괄량이 현희의 수다스런 버릇이 쏟아져 나왔다.

"형석아, '여자의 마음은 갈대'라 했다. 저런 아이는 네가 돈이 없으면 금세 언제 우리가 아는 사이였느냐고 돌아설 사람이라고."

"됐어. 빨리들 먹고 저 아래 연못가로 가보자."

아이들은 유부국수 한 그릇을 눈 깜짝할 사이 먹어치우고 우리나라 지도 모양으로 만들어놓은 연못가로 몰려갔다.

"여기 벤치에 앉아서 노래나 부르자."

"야, 시시하게 무슨 노래냐? 누구 웃기는 이야기 좀 해보라구!"

"웃기는 이야기는 민수 따라갈 사람 있냐? 참, 너 '최불암 시리즈' 읽었지. 제일 웃기는 걸로 지껄여 봐."

병혁이가 민수를 일으켜 세우며 이야기를 시켰다.

"응, 너희들 지구본 이야기 알지?"

"뭔데?"

여학생들의 눈빛이 초롱초롱 빛나자 얄개 대장 동우는 벌써 다 알고 있는 듯 '키익킥' 웃어대는 것이었다.

"아, 그 아버지에 그 아들이로구나. 아주 웃긴다. 웃겨!"

민수는 여학생들이 즐거워하며 들어주자 연이어서 토막으로 된 유머를 끊이지 않게 들려주었다.

"에. 또 최불암이 운전석에서 버스를 모는 중이었는데."

아이들이 또 귀를 모아 민수의 이야기를 듣고 있을 때였다.
"야, 경치 좋다! 어디 성당에 안 다니는 사람은 끼기나 하겠니?"
옆에서 훼방을 놓으며 끼어드는 여학생이 있어 아이들은 일제히 그 쪽을 바라보았다. 반바지 차림에 챙이 둥근 갈색 모자를 쓰고 자전거에서 내리는 아이는 뜻밖에도 화연이었다.
"너 여기 웬일이니?"
"왜, 이곳은 누구나 올 수 있는 데 아니냐? 아담과 하와가 살던 에덴동산도 아닌데 말이야."
반가워하며 말을 건 나래에게 화연인 여전히 빈정거리는 말투였다.
"그래, 교회를 예배당이라고도 하지만 연애당이라 한다더라. 성당도 마찬가지겠지?"
화연인 자전거를 커다란 소나무 옆에 기대어 놓고는 연못가 갈대 끝에 앉은 고추잠자리를 잡으러 살금살금 걸어가는 것이었다.
"우리 계속하자. 민수야, 어서 이어나가라구."
동우가 독촉을 했지만 민수는 입을 다물고 언짢은 표정으로 화연의 행동을 지켜보았다. 다른 아이들도 할 말을 잊고 무심코 화연이 쪽을 바라보고 있었다. 갈대 끝에 앉은 고추잠자리가 파르르 날개를 떨었다. 꼬리를 높이 추켜올렸다. 화연이 오른손 손가락 두 개를 집게 모양으로 하고 잠자리의 꼬리를 잡으려는 순간 아이들은 숨을 죽이고 잠자리가 잘 잡혀주길 빌었다.
그런데 '앗!' 하는 외마디 소리와 함께 고추잠자리는 멀리 푸른 하늘 속으로 날아가 버리는 것이었다. 아이들의 시선이 날아가는 잠자리를 지켜보다가 이윽고 아래쪽으로 모여졌을 때 맙소사! 화연이 발을 헛짚었는지 연못 속에 빠져 허우적거리고 있지 않은가.

"저걸 어째! 누구든 가서 구해야지."

"큰일 났다. 물을 먹었나 봐. 아무 소리도 못하고 손만 흔들잖아?"

그런데 이상한 일이었다. 아이들은 저마다 중얼거리며 걱정은 하면서도 누구 한 사람 달려가 구해낼 생각을 안 하는 것이었다. 마치 영화 속의 한 장면을 구경하듯이 멍청한 얼굴로 다음 장면을 기대하는 것처럼.

"안 돼, 화연아. 기다려!"

나래가 맨 먼저 용기를 내어 달려갔다. 그러자 아이들도 제 정신이 돌아온 듯 화연이 빠진 쪽으로 우르르 몰려가는 것이었다.

14. 참새네 이야기방

"자 이걸 붙들어. 화연아, 힘을 내!"

나래가 주변에서 나뭇가지 하나를 주워들고 화연에게 내밀었다. 화연인 이미 포기한 사람마냥 나뭇가지를 붙들 생각도 안 하고 아이들에게 손을 내저어 잘 가라는 시늉을 하는 것 같았다.

"얘들아, 너희 남학생들 뭐하는 거야? 기사도 정신을 발휘해야지."

화연이 연못 가장자리에서 점점 멀어지자 나래가 큰소리로 외쳤다.

"야, 기다려. 내가 구해줄 테니."

얇은 잠바를 벗어 던지고 '텀벙!' 물에 뛰어든 남학생은 체육 특기자라고 스스로 뽐내던 형석이었다. 아이들은 형석에게 다 같이 박수를 보냈다.

"자, 내 손목을 꼭 잡아!"

형석이가 화연이 곁으로 헤엄쳐 가서 손을 내밀었으나 화연인 더 이상 동작을 취하지 않았다.

"야, 너 수영 못하니?"

형석인 화연이 끝내 아무 소리를 안 하자 화연의 어깨를 틀어잡고 끙끙대며 밖으로 끌어냈다. 연못가로 끌려나온 화연의 행색은 말이 아니었다. 진흙으로 범벅이 된 아랫도리가 부들부들 떨리고 있었다.

"안되겠다. 우선 급한 대로 이걸 가지고 닦아내자. 현희야, 팔각정으로 가서 어른들을 불러와."

나래는 반팔 위에 걸친 블라우스를 벗어서 화연의 손과 발에 묻은 진흙들을 부지런히 닦아냈다. 화연인 어린 아기처럼 아무 말도 안하고 있었지만 추워서인지 계속 아래턱을 움직였다.

"얘, 저기 화연이 모자가 연못 한가운데로 밀려갔다."

"그까짓 모자가 대수냐? 이 아일 빨리 집으로 데려가야지."

"얘 화연아, 너의 집 전화번호 몇 번이니? 너의 부모님에게 먼저 알려드려야겠다."

그러나 화연인 대답 대신 눈물을 주르르 흘리며 일어서서 달아나려고 하였다. 나래는 화연이네 전화번호를 외우지 못 하고 있는 자신이 무척 원망스러웠다.

"자, 내 등에 업혀! 난 오늘 널 처음 봤지만 어디 친구가 따로 있니? 사귀면 친구지. 걱정 말고 업히라고. 난 이래 봬도 장래 천하장사가 될 사람이니까."

형석이 그 큰 체격을 웅크리고 앉아 화연이 앞에 등을 내밀었다.

"괜찮아, 어서 업혀. 내가 너의 집을 알고 있잖아. 만물 상회 골목을 돌아가서 그 앞에 있는 그린 빌라가 맞지?"

소라가 화연의 집을 안다고 하자 아이들은 억지로 떠밀어 화연일 형석의 등에 업혔다.

"그럼 난 후문 쪽으로 가서 택시를 잡아 세울게."

그제야 병혁과 동우, 민수도 적극적으로 기동력을 발휘하고 나섰다.

"됐어, 내가 빠른 걸음으로 달려가면 택시보다 나을 걸!"

형석인 별로 힘들지 않은 듯 성큼성큼 발을 떼어놓았다. 나래와 현희는 양쪽에 서서 화연의 손을 꼭 잡아 쥐고 걸었다.

"자, 이 골목으로 들어가서 조금만 올라가면 그린 빌라야. 자 빨리!"

소라는 안내를 하며 재빨리 앞장서서 뛰었다. 화연의 집에 먼저 가서 알리기라도 하려는 듯. 동우는 화연이 타던 자전거를 힘겹게 끌며 뒤따라왔다.

"왜, 무슨 일이 생겼능고?"

소라가 초인종을 누른 후 한참만에야 대문이 삐꺽 열리며 나이가 지긋한 파마머리의 아주머니가 고개를 내밀었다.

"큰일 났어요. 화연이가 연못에 빠져서 데리고 왔거든요!"

숨을 몰아쉬며 말하는 소라의 말을 들었는지, 어쨌는지 아주머니는 그대로 서서 화연이 들어오기만을 기다리는 것이었다.

"화연이 엄마, 아니신가요?"

"가가 요즈음 사람 속을 억시게 썩히는구마."

소라의 묻는 말에는 대답을 안 하고 아주머니는 더 기다릴 것도 없다는 듯이 몹시도 마땅찮은 얼굴을 하고는 총총걸음으로 들어가 버리는 게 아닌가.

"세상에."

소라는 어안이 벙벙하여 입을 다물지 못한 채 금방 도착한 형석 일행의 앞을 탁 가로 막았다.

"어쩌면 저런 사람이 있냐?"

"너 지금 무슨 소릴 하는 거야? 빨리 들어가서 화연일 눕혀야지."

형석의 옆을 따라오던 현희가 소라를 밀어내며 대문 안으로 성큼 들어섰다.

"내 말을 들어보래도! 아, 글쎄 저 아줌마가 화연이 연못에 빠졌다는 말을 듣고도 그만 못 들은 척하며 안으로 들어갔다니까."

"그 아줌마가 누군데 그래?"

"글쎄, 화연이 엄만지, 누군지 알 수 없지. 오히려 화연이더러 요즈음 억시게 속을 썩힌다나, 어쩐다나 하면서."

나래는 소라의 말을 듣는 순간 여옥이가 지난밤에 들려줬던 이야기가 사실인가 보다고 생각했다.

"어서들 들어오지 않구 왜들 꾸물거리노? 화연이 방에 자리 깔아 놓았는 기라."

현관문으로 삐죽이 얼굴을 내밀고 독촉을 하는 아주머니는 분명 화연의 어머니가 아님을 아이들은 금방 알아 챌 수 있었다.

"화연이 더운 물로 샤워부터 해야 하지 않을까?"

"그래, 아주머니! 욕실이 어딥니까?"

나래와 현희, 소라는 불친절하기 짝이 없는 아주머니를 믿을 수 없다는 듯이 화연을 부추기며 화장실로 데리고 갔다.
"그럼, 수고해라. 우린 먼저 간다!"
그동안 어리둥절해서 따라다녔던 3반의 진경이와 슬기가 걱정스러운 듯 뒤돌아보며 돌아갔다. 뒤이어 남학생들도 더 이상 도와 줄 일이 없다고 생각했는지 마당에서 서성거리다 이내 집으로 돌아갔다. 나래와 소라, 현희는 응접실에 앉아 욕실에서 화연이가 나오기만을 기다렸다. 말은 안 해도 손짓으로 아이들을 내보냈기 때문에 여자애들도 더 이상 화연일 도울 수가 없었다. 그래도 그 경상도 사투리를 쓰는 아주머니는 화연이 갈아입을 옷가지를 찾아다가 욕실에 넣어주었다.
"얘, 저 아줌마가 화연이네 엄마는 아니겠지?"
소라는 아직도 기분이 언짢은지 귀엣말로 속삭였다.
"아닐 거야, 파출부 아줌마 같다야."
그 때였다. 아이들이 앉아 있는 응접실의 티테이블 위에다 주스 세 컵을 올려놓으며 아주머니는 어느새 들었는지 아니면 혼잣말을 하는 건지 낮은 소리로 말했다.
"낳은 엄마가 무슨 소용인고? 기른 사람이 중하지, 그리고 귀여움도 사랑도 다 지기서 나오는 기라. 오늘도 다 차려 놓은 점심을 묵지도 않고 핑하니 자전거를 타고 설라무니 나가더니만 저 꼬락서니로 들어오문 그 누가 반기겠나. 하기야 긴 말해서 뭐하겠노? 괜시리 집안 화평만 깨질까 봐 내 쉬쉬 하는기 아니겠노?"
"뭐라카더라? 화랑인가 뭔가 하는 친구한테 간다고 하더니만 종일 내내 전화 한 통화 없다 아니가? 하기야 집에 있어 봤자 저 애캉 싸움이나 안 하면 다행이라."

아주머니는 턱으로 화연이 들어가 있는 화장실을 가리키면서 부엌으로 가는 것이었다.

"화연이 심기가 요사이 편칠 않은가 봐. 엊그제도 공연히 너희들을 보고 시비를 걸지 않았니?"

소라가 나래를 바라보며 묻자 나래는 잘 모르겠다는 듯 고개만 흔들었다.

"따르릉!"

전화 벨소리에 아주머니가 빨리 달려와 받았다.

"네, 늦으시겠다고요? 네 잘 알았습니다. 집안요? 별일 없지요, 네 네."

아주머니는 금세 얌전한 자세로 고개까지 숙여가며 부드러운 말씨로 대답을 하고는 전화를 끊었다.

"원장님이시다. 화연이 저리 들어온 줄 알면 펄쩍 뛰지 않겠나. 근데, 저놈아가 왜 이리 안 나오는 기야?"

습관처럼 혼잣말을 하며 욕실을 들여다보고 온 아주머니는 갑자기 시끄러운 소리로 말했다.

"니네들이 밖에 있으면 못 나오잖나 말이다. 어서들 집으로 돌아가지 않을낀고."

"네?"

아이들은 서로서로 얼굴을 마주 보았다.

"진짜예요? 화연이가 그렇게 말했어요? 우리들이 가야만 나오겠다고요?"

"꼭 말로 해야만 아나? 내가 이 집에서 10년 이상을 살아온 사람인데 그 아 눈빛만 보면 내 다 알아낸다 아이가?"

"네에, 알았습니다. 애들아, 가자!"

소라는 더는 앉아 있고 싶지 않다는 듯 금방 자리에서 일어섰다. 나래와 현희도 머뭇거리다가 일어섰다.

"잘들 가거라. 저녁 묵고 가도 되겠지만 사모님 들어올 시간인기라. 후에 놀러 와라이."

등을 떠밀듯 아주머니는 현관문을 '꽝!' 하고 닫았다.

"저럴 수가."

소라는 또 황당한 표정으로 입을 크게 벌린 채 말을 잇지 못했다.

"화연아, 내일 만나! 푹 쉬어라."

잘 가라는 말 한마디 없는 화연을 향해 현희는 집안에다 대고 소리쳤다.

"정말 옛날 속담이 꼭 들어맞는구먼. '물에 빠진 놈 건져주니 내 보따리 내놓으라' 한다던가? 아니 원장 사모님은 가정주부가 아니더냐? 더욱이 자기 딸을 구출해 온 친구들을 보면 식사 대접을 해도 부족할 텐데. 사모님 올 시간이니 빨리 나가라?"

소라가 투덜대는 소리를 들으며 나래는 또 갈등을 느꼈다. 다른 사람에겐 몰라도 이 애들한테만은 화연이 엄마가 친엄마가 아니기 때문이라고 말해 버릴까. 하지만 여옥이가 신신 당부를 하며 정숙한테도 말 못하게 했는데 입을 꼭 다무는 수밖에 없었다. 나래는 화연이 대신 소라와 현희에게 사과를 해야만 될 것 같았다. 그 아주머니 말처럼 꼭 말로 표현하지 않더라도 말이다. 그래서 오는 길에 '참새네 이야기방'에 들렀다. 나래는 용돈이라도 털어서 이 고마운 친구들에게 커피라도 한 잔 사고 싶었기 때문이다.

"이 골목에 이런 곳이 있었니? 와! 제목부터 근사하다야. 그런데 '참새 방앗간'이 아니고 왜 '참새네 이야기방'이니?"

소라와 현희는 금세 기분 전환이 되는지 떠들어대며 구석진 자리를 찾아가 앉았다.

"강나래, 너 제법인데? 이런 곳까지 우릴 안내하고 말이야. 여기도 카페나 다름없는 곳 아니니?"

"카페든 아니든 여기 모인 고객들의 90%가 중.고등학생들 아니겠어? 대단하다. 저 수다들 좀 봐라. 저쪽엔 아예 남녀 쌍쌍이 짝을 지어 앉았구먼."

학교에선 성격이 아주 명랑하고 활달한 현희였지만 이런 자리는 처음인 것 같았다.

"아니, 전에 우리 언니와 우람이 오빠랑 이야기하러 잠깐 들러본 적이 있어서."

"애, 우람이 오빠는 누구니? 잘생겼니? 날 소개시켜 주지 않을래?"

"하하하하!"

오랜만에 크게 소리내어 웃을 수 있었다. 가슴에 응어리졌던 무엇인가가 쑥 내려감을 느끼며 나래는 아이들에게 무엇을 시킬 것인가 물었다.

손목시계를 들여다보며 현희가 말했다.

"괜찮아, 딱 한 병만 시켜서 우리 셋이 나누어 먹자구!"

"안 돼! 맥주 살 돈이 어디 있니?"

"히익! 돈은 걱정 마! 난 비상금 한 장을 꼭 여기에 넣고 다니니까 말이야."

"아서라! 하느님이 다 알고 계신다. 너 헌금할 돈을 아껴서 모은 거지?"

스커트 허리 옷단의 안쪽에 앙증맞게 만들어 놓은 현희의 비상 호주머니를 보며 아이들은 또 한바탕 깔깔대고 웃었다. 웃음소리가 너무 큰 탓이었을까?

"우리도 함께 끼면 안 되겠습니까? 앉을 자리가 없어서."

그렇지 않아도 이야기방안은 최근에 유행하는 '난 알아요' 노랫소리로 귀가 따가운데 꼭 '서태지와 아이들' 같은 복장을 한 남자애들 세 명이 나래네가 앉아 있는 테이블로 와서 합석을 요구하는 것이었다.

"아니에요. 우린 곧 가야하니까요."

나래가 깜짝 놀라며 잡아뗐다.

"뭐랍니까? 앉아 있는 동안만 합석을 하자 이거지요. 보다시피 자리가 없어서."

귀밑머리를 높이 깎고 노란 모자를 눌러 쓴 아이가 능글맞게 웃으며 말했다.

"얘들아, 우리 일어서자. 커피는 다음에 하고."

"그럴까?"

현희와 소라도 아쉬운 표정을 지었지만 금방 일어섰다.

그 때였다.

"너희들 여기서 뭘 하는 거야?"

뜻밖에도 학생부의 나홀로 선생님과 이기자 선생님이 나타난 것이었다.

"어머나! 선생님. 웬일이세요?"

"너희 같은 녀석들 단속하러 나왔다. 교외 생활 지도란 말 못 들어 봤어?"

"어떻게 해! 난 두 분이 데이트하러 나오신 줄 알았는데."

현희는 겁도 없이 그 상황 속에서도 농담을 하는 것이었다.

"뭐야? 이 당돌한 녀석 같으니라구. 반과 이름을 어서 대!"

나홀로 선생님의 호통에 이야기방 안이 별안간 물을 끼얹은 듯 조용해졌다. 디제이도 음악 볼륨을 줄였는지 노랫소리조차 가냘프게 들려나왔다.

"선생님 잘못했어요. 다시는."

나래는 팔짝팔짝 뛰는 가슴을 누르며 고개를 숙였다.

"가만있어라. 너 3학년 5반의 반장 녀석 아니야? 이놈 봐라. 괘씸하게시리."

"저 실은."

"이 놈아야. 듣기 싫다. 내일 아침 일찍 그러니까 아침 일곱 시까지 학생부로 와! 그 때 변명을 하든지 말든지."

이기자 선생님. 일명 장풍에다가 일용이 엄마로 소문이 난 악질 노처녀 선생에게 걸려들었으니 이젠 별 도리가 없었다. 나홀로 선생님은 나래네 반에는 수업을 들어오지 않지만 이미 그 명성도 아는 사람은 다 아는 터였다. 주로 3학년의 남학생 반만 가르친다는 나 선생님의 본명은 따로 있었다. 그런데 수업 시간에 학생들이야 듣든 말든

일사천리로 수업을 밀고 나가는 성격에다 아이들에게 질문을 던지기가 바쁘게 단 일 분의 생각할 틈도 주지 않고 곧바로 선생님이 답을 말해 버리고는 또 진도를 나가는 바람에 별명이 '나홀로'가 되어 버린 것이다.

벌써 1학기 때부터 들어왔던 둘째가라면 서운해 할 악명 높은 노총각 나홀로 선생님까지 목격했으니 커피 한잔 먹지 못하고 나오는 여학생들에겐 참으로 설상가상이었다.

"하는 수 없어. 오늘 있었던 일을 그대로 말하는 수밖에."

맥이 풀려서 죄 지은 사람들처럼 돌아오는 세 사람의 심정은 말로는 표현할 길이 없었다.

"안 돼, 아까 그 남자 애들이야 금방 눈치를 채고 달아났으니 그대로 이야기해도 되지만 형석이 동우, 민수, 병혁이랑 대공원에 간 이야기를 하면 그 아이들까지 학생부에 불려올 텐데?"

"그렇지만 어쩔 수 없잖아. 우리가 화연이 이야길 해야 할 텐데. 나중에라도 화연이가 학생부에 가게 되면 우리가 남학생들과 어울렸다는 이야길 안 하겠니? 그 나쁜 계집애가?"

결국 이야기는 원점으로 돌아가 화연이가 세상에 그럴 수가 있느냐는 말로 끝나 버렸다.

"어쨌든 우리가 어디까지 말해야 되느냐 말이다. 셋이서 입을 맞춰야지 않을까?"

"우리가 죄 지은 것도 없는데 굳이 사실을 숨길 필요는 없다구. 있었던 대로 말해 버리자구."

현희와 소라는 의견의 일치를 못 보고 계속 입씨름이었다.

"강나래, 넌 어떻게 할 거야? 카페에 데리고 간 건 너잖아. 그런데 네가 아무 말도 안 하고 있으면 우리만 나쁜 애들이 되고 만단 말이야. 모든 선생님들이나 아이들이 어디 너를 의심할 것 같니? 우리 둘이서 널 꾀어낸 줄로 알겠지?"

소라의 말에 나래는 고개만 몇 번 끄덕였다.

"걱정들 말고 집에 가서 편히 쉬어. 내가 잘못을 빌 테니까."

나래는 아이들을 안심시키기 위해서 억지로 미소까지 지어 보였다.

15. 흥정과 오해

　생전 처음 당하는 일에 어찌해야 할지 몰라 숨도 크게 못 쉬었으면서도 나래는 현희, 소라를 안심시키기 위해 일부러 태연한 척했다. 나래는 집이 가까워질수록 더욱 겁이 났다. 벌써 날이 어둑어둑해져서 아무런 연락도 없이 저녁 늦게 귀가하는 것도 문제이지만 오늘 일을 가족들에게 어떻게 설명해야 할지 앞이 깜깜해졌다.
　'중간고사도 며칠 남지 않았는데 내가 왜 그 애들을 뿌리치지 못하고 따라간 것일까. 정숙이 말대로 난 역시 마음이 모질지 못하고 귀가 얇은가봐, 바보같이.'
　나래는 성당에서 파한 후 곧장 집으로 갔으면 이런 일은 없었을 텐데 하고 후회를 했다.

'고형석! 그 남자 애는 아무 것도 모르고 팔자 좋게 TV앞에 앉아서 너털웃음이나 웃어대고 있겠지?'

별안간 그 덩치 큰 형석일 생각하니 약이 오르는 것이었다.

'여학생들 꽁무니나 쫓아다니는 주제에 나 같은 모범생을 하루아침에 불량소녀로 만들다니. 나쁜 자식!'

생각하면 할수록 분했다. 여간해서 욕을 한다거나 남이 기분 나빠할 만한 말이란 하지 않는 나래였지만 오늘은 좀 달랐다.

'또다시 말을 걸어오거나 아는 체만 해봐라. 내가 가만 있나.'

모든 사건의 발단이 형석이 때문이라고 생각하니 도저히 용서할 수 없을 정도로 미워졌다.

"야, 우리하고 잠깐만 이야기하지 않을래?"

"우린 너의 새로운 면을 보고 금방 반해 버렸다니까."

귀에 익은 목소리라 여겨졌지만 나래는 바삐 횡단보도를 건넜다.

"강나래! 우리말 안 들려?"

깜짝 놀라 뒤돌아보니 뜻밖에도 같은 반 장미진과 김진희였다.

"어머나, 너희들 웬일이야? 어딜 갔다 오는데?"

"응, 일요일은 원래 공치는 날 아니냐? 조금 전에 너랑 같은 곳에 있었다고. '참새들의 이야기방' 말이야."

"?"

나래의 가슴이 철렁 내려앉는 것 같았다.

"아휴, 공부만 아는 아가씨야. 그런 곳엘 들어갔으면 '떴다' 하면 도망쳐야지. 우린 그 순간에 카페 안 주방으로 숨어 들어갔지 뭐냐. 너희들을 혼내고 있는 그 악명 높은 커플 나홀로 씨와 이기자 씨의 뒷

모습을 지켜보는 스릴이라니. 호호호호!"

나래는 또다시 커다란 쇠뭉치로 뒤통수를 얻어맞은 것처럼 정신이 아찔해져서 무슨 말로 그들을 상대해야 할지 감을 잡을 수가 없었다.

"기왕 흙탕물을 뒤집어쓴 김에 우리 어디 좋은 곳에 가서 이야기나 하고 갈까?"

미진이 학년 초와는 달리 2학기에 들어서는 누가 봐도 얌전해지고 착실해졌다고 믿었었는데 지금 말하는 모양을 봐서는 조금도 변한 것 같지가 않았다.

"아니야, 난 빨리 집에 가야 해. 할 말 있으면 여기서 해!"

나래가 마음을 진정시키며 부드럽게 대하자 미진이는 나래의 어깨에 한쪽 팔을 얹어 놓으며 빙그레 웃었다.

"너도 역시 인간 차별을 하는구나. 조금 전에 현희와 소라와는 카페까지 가신 분이 어째서 우리와는 시간을 못내 주시겠다는 겁니까?"

그러자 진희도 따라서 거들었다.

"맞아. 우린 공부도 못하고 집도 가난하니까 수준 차이가 난다 이 거겠지?"

"무슨 말을 그렇게 하니? 현희와 소라는 같은 성당에 나가는 아이들이라서 오늘 만난 것이고, 난 너희들이 생각하는 그런 아이가 아니야."

나래가 애써 변명을 하려드는 것이 조금은 유치하다고 생각되었는지 미진이는 더 이상 아무 소리도 하지 않고 서 있다가 잠시 후 입을 열었다.

"너 지금 몹시 불안하지? 내일 학생부에 불려갈 일이 말이다."

미진이가 나래의 속마음을 환히 읽고 있는 것처럼 단도직입적으로 말을 이어 나갔다.

"처음엔 아무 것도 아닌 걸 가지고 가슴이 뛰고 밤잠을 못 이루며 괴로워하지. 그렇지만 학생부에 자주 드나들다 보면 별 것 아니야. 오히려 우리들의 잔꾀에 속아넘어가는 선생님들이 때로는 어리석고 가엾어질 때도 있으니까."

"그렇지, 하하하!"

진희는 처음부터 끝까지 미진의 말에 찬동하며 기분을 맞춰나갔다.

"우리 긴 말 하지 말고 흥정으로 들어가자. 이번 중간고사 때 내 성적 좀 올려주지 않겠니? 난 그래도 여상에는 들어가야 될 테니 말이다. 우리 엄마가 다시 마음이 흔들리시는 것 같아서 하는 말인데. 너희들 그러니까 정숙과 네가 우리 엄마를 찾아준 은인으로는 알고 있지만. 그런 행복도 잠시 뿐이라고. 돈 있고 여유 있어야 모녀간에도 서로 생각하고 아껴주는 것이지, 요사이 집안이 말이 아니다. 우리 아버진 또 술을 드시기 시작하고, 그게 모두 나 때문이라는 거야. 잘되면 누구 탓이고 못되면 누구 탓이라 했냐?"

"응, 못되면 조상 탓이지." 진희가 히죽거리며 대답을 했다.

"네가 그렇게만 해준다면 오늘 일은 우리가 모두 뒤집어 써주겠다 이거야. '참새들의 이야기방'으로 너희들을 불러낸 사람은 바로 우리가 되는 거라구."

나래는 갈피를 잡을 수 없게 횡설수설하는 미진이를 이해할 수가 없었다.

"어려울 것 없어. 시험지를 돌릴 때 네가 O.M.R 카드를 두 장 갖는 거야. 그리고 너무 좋은 점수도 필요 없으니까 50% 정도만 맞는 답을 표시해서 넘겨 달라 이거지. 그것도 잘 생각해 보면 하느님의 뜻일 거다. 너와 내가 무슨 인연이었던 간에 계속해서 같은 반에다, 또 자리도 항상 함께 앉지 않았니? 선생님이 굳이 너와 나를 짝으로 정해 주는 것도 어쩌면 너더러 날 도와주라는 깊은 마음에서 나온 게 아닐까? 물론 시험 답안지를 넘겨주라는 뜻이야 없었겠지만."

미진이는 약간은 협박조로 약간은 미안하다는 듯 자기의 기분에 따라 말의 속도를 빨리 했다가 늦추었다 하며 나래의 의향을 떠보는 것이었다.

"그렇게 해서 좋은 성적이 나오면 무엇에 쓰련?"

나래는 한심한 생각이 들어서 미진을 똑바로 쏘아보며 말했다.

"그런 소리 마! 넌 아무 것도 아닐지 몰라도 난 이번 시험에 내 인생이 달려 있는 거라구. 담임 선생님이 말한 것처럼 추천이라도 받아서 미달된 학교라든가 커트라인이 낮은 학교에 합격만 된다면 나도 정신을 바짝 차려서 주산이나 부기 등의 자격증을 딸 수도 있으련만. 또 그렇게만 되면 내 이 인물에 어디 은행은 아니더라도 개인 회사의 경리로야 취직되지 않겠느냐 이 말이야. 만일에 다른 때처럼 이번 중간고사까지 죽을 쑤어서 전교 꼴찌를 하는 날이면 우리 학교 옆에 있는 D야간 여상도 못 가게 되고 시내 변두리에 있는 쓰레기 학교로 떨어지고 만다니까."

"쓰레기 학교라니?"

"넌 아직 그런 말도 못 들어 봤니? 시내 각 중학교의 꼴찌들만 집합해 놓은 모 야간 상고 말이다. 하나같이 탤런트와 가수가 희망인 그들은 멋만 부리고 이성에는 빨리 눈을 떠서 떼로 몰려다니다가 퇴학을 맞는 애들이 헤아릴 수 없이 많다더라."

"그래, 우린 공부는 못하지만 그런 학교는 다니기 싫다는 말 아니냐?"

진희도 질세라 보충 설명을 해주었다.

"그러니 어쩌겠냐. 네 신세를 지는 수밖에. 우리 엄마는 내가 상고라도 나와서 취직되어 일찍 돈을 벌어들여야만 우리 집이 살 수 있다고 아침저녁으로 염불 외우듯 하신단다."

나래는 이러한 때 어떻게 대답해야 될지 한참 망설였다.

"그렇지만 난 할 수 없을 것 같구나. 답안지를 대신 작성한다는 건 컨닝 중에서도 제일 비열한 방법이 아니겠니?"

"좋아, 그렇다면 할 수 없지 뭐. 넌 선생님들이 여러 가지로 잘 봐주실 테니까 오늘밤 카페에서 걸린 것도 눈 감아 주시겠지 뭘. 그럼 잘 가라!"

미진인 쌀쌀맞게 돌아서서 옆 골목으로 들어갔다. 진희도 미진이 뒤를 쫓아가고 있었다. 그렇지 않아도 늦은 귀갓길에 미진과 한 시간 정도는 입씨름을 한 것 같다. 오늘은 왜 이럴까? 세상이 자꾸만 거꾸로 돌아가는 기분이다. 다시 마음을 가라앉히고 가던 길로 걸음을 재촉할 때였다.

"너희들 거기 서 있지 못할까?"

갑자기 천둥 번개라도 칠 듯 주변이 소란스러웠다.

"야, 너 이것 좀 맡아서 숨겨줄래?"

나래에게 무엇인가를 휙 던져주고 횡단보도로 도망쳐 가는 아이들은 분명히 미진과 진희였다.

"얘들아, 빨간불이잖아?"

나래는 달리는 차 사이를 용케도 뚫고 나가는 그들의 뒷모습을 보며 자기도 모르게 이마에서 진땀을 닦아 냈다.

"이 녀석! 네가 맞지?"

누군가가 나래의 팔목을 비틀어 쥐었다.

"훔쳐간 테이프를 어디에 숨겼어? 빨리 대지 못할까?"

적잖이 나이가 들어 보이는 대머리 아저씨는 눈을 휘둥그레 뜨고 금방이라도 나래를 때릴 기색이었다.

"아저씨, 저는 아무것도 모르는 걸요. 무슨 말씀이세요?"

놀라서 뒷걸음질을 치는 나래의 얼굴이 파랗게 질려 있었다.

"아빠, 여기에 한 개 떨어져 있어요. 맞아요. 그 여자애가."

무언가를 땅에서 주워 들고 말하는 남학생의 목소리가 낯설지가 않았다. 조금 전에 미진이 던져주고 간 것을 확인하기 위해 나래가 그 쪽으로 고개를 돌렸을 때

"앗, 너는?"

나래와 그 남학생은 동시에 소리를 질렀다.

"너, 강나래 아니냐?"

"넌, 이동우? 무슨 일이 생긴 거야?"

숨이 차서 헐떡이는 동우는 기가 막혀서 말을 못하겠다는 듯 나래의 위아래를 훑어보는 것이었다.

"또 한 명은 어디로 갔어?"

대머리 아저씨는 나래를 잡아끌며 동우에게 저쪽 골목으로 가보라

고 했다.

"아니에요. 아버지, 그 아이들이 입었던 옷과 다르지 않아요?"

동우는 자기 아버지에게 아니라고 변명했다.

"이 녀석아, 이 아이가 금방 버린 테이프를 네 손으로 주워놓고도 아니라는 거냐? 그리고 이 여자애와 아는 사이야?"

"예, 아버지. 같은 성당에 다니고 또 우리 학교에서 공부도 제일 잘하는 모범생."

동우라는 아이가 그렇게 나올 줄은 몰랐다. 나래는 여러 가지로 부끄럽고 창피해서 고개를 들지 못했다.

"네가 그런 게 아니지? 그럼 누구 짓인지 빨리 대! 넌 알고 있지?"

동우는 분명히 나래가 아는 아이들일 거라고 추측하는 것이었다.

"좋다. 네 친구라니 내 그냥 돌아간다. 하지만 누구의 짓인지 동우 네가 확실히 알아내 가지고 돌아와야 한다. 알았지? 긴 이야기 할 것 없이 곧장 와!"

"네, 아버지. 가 계세요."

동우 아버지는 혀를 쯧쯧 차면서 옆 골목으로 들어갔다. 나래는 울고 싶었다. 하지만 같은 학교 남학생 앞에서 눈물을 보이고 싶진 않았다.

"너 이제 집에 돌아가는 거야? 낮에 연못에 빠졌던 화연인가 하는 친구네 집에서?"

"응."

짧게 대답할 수밖에 없었다. 오는 길에 카페에 들러 학생부 선생님한테 걸렸다든가, 방금 전에 미진과 진희가 너희 테이프 가게에서 물건을 훔쳐낸 것 같다고 말할 수는 더더욱 없었기 때문이다.
 "그래, 여학생 둘이 이 골목으로 뛰어간 건 확실하지? 여기에다 이걸 버리고. 서태지 테이프로구나. 날라리 같은 것들!"
 동우는 그 아이들이 누군지도 모르면서 그렇게 말하는 것이었다.
 "너희 이 옆 골목에서 가게를 하나 보구나."
 그제야 마음이 놓여 나래는 정색으로 동우에게 말을 건넸다.
 "응, 우리 아빠는 원래부터 가게 일을 좋아하셔. 하기야 구멍가게부터 시작해서 지금 출세하신 거지. 너도 필요하면 빌리러 와. 사가는 것도 있고 빌려주는 것도 있으니까. 라디오 테이프에서 비디오테이프까지. 또 오락 테이프도 있어. 머리를 식히기에는 제일이지 뭐."
 "응. 그렇겠지."
 "잘 가라. 신경 쓰지 마! 우리 아빠한테는 내가 잘 말씀드릴 테니까."
 돌아서 가고 있는 동우가 생각보다 어른스럽고 고맙기 짝이 없었다.
 "응, 잘 가!"
 동우에게 손을 흔들어 주고 돌아서는 나래의 마음이 '찡'하고 아파왔다.
 "남의 물건을 훔쳐내다니. 그리고 나더러는 정답을 50%만 적어 보내라고? 항상 좋게만 보아주려 했던 내게도 잘못은 있어. 얌체들."
 나래는 연속적으로 일어나는 기분 나쁜 일들을 떨쳐버리기 위해 찬송가를 부르며 빠른 걸음으로 걸었다.
 "내 주를 가까이 하려 함은 십자가 짐 같은 고생이나."

"지금 오니? 집에서 얼마나 기다렸다고."

대문 앞에서 반겨주는 사람은 나영 언니였다.

"언니!"

나래는 달려가서 언니를 꼭 껴안았다.

"오늘 무슨 일이 있었니? 어서 말해 봐!"

전에 없이 나래는 언니의 품에 파고들며 눈물을 주르륵 쏟아냈다.

16. 학생부와 실어증

"들어가서 얘기하자. 무슨 일인지."

언니가 나래의 손을 이끌며 현관에 들어서자 엄마 아빠와 이야기를 나누고 있던 권 선생님이 더욱 반가워하며 일어섰다.

"안녕하셨어요?"

나래는 건성으로 인사를 하고는 자기 방으로 들어갔다.

"너 저녁은 먹은 거야?"

뒤에서 따라 들어오려는 엄마를 말려 놓고 언니는 조금 후에 다과를 챙겨 들고 들어왔다.

"나한테도 이야기할 수 없는 일이니? 누구와 다투었어?"

나래는 고개를 저어 아니라고 했지만, '차라리 누구와 다투기라도 했으면 이같이 착잡한 기분은 아니었을 텐데' 하는 생각이 들었다. 혼자 있고 싶다는 나래의 의견을 무시한 채 자꾸만 졸라대는 언니가 귀찮아서, 그보다도 허락도 없이 들어와 합세를 하는 권 선생님 때문에 나래는 모든 일을 털어놓을 수밖에 없었다.

대공원에 갔던 일, 화연이가 연못에 빠져서 집으로 데려간 일, 화연이네 집의 분위기, 그리고 카페에서 학생부 선생님을 만난 일 등. 그러나 미진과 진희가 비디오테이프와 CD판 등을 훔쳐냈다는 이야기는 입에 올리고 싶지가 않았다.

"애도 소심하긴. 있는 그대로 이야기하면 될 걸 가지고. 난 또 심각한 문제가 생긴 줄 알고 겁을 먹었지 뭐야."

"그래, 선생님들도 앞뒤 이야길 다 듣고 나면 허허허 웃으실 거야. 괜찮아, 어디에서나 진실은 통하게 되어 있으니까."

권 선생님과 언니는 대수롭잖게 여기며 나래의 등을 토닥거려 주고는 이내 나가 버렸다. 그러나 나래는 내일 아침 학생부에 갈 일도 걱정이 되었지만 미진이와 진희가 지금쯤 어디서 또 무슨 짓을 저지르지나 않을까 초조하기만 했다.

'차라리 모든 걸 엄마에게 말씀드려버릴까?'

하지만 공연히 그런 친구들의 이야길 꺼내놓았다가 일이 더 커질지도 모른다는 생각이 앞섰다.

'어른들이 우리들의 마음을 어디까지 헤아려줄지 알 수가 없다. 더욱이 남의 물건에 손을 댔다면.'

나래는 마치 자신이 남의 물건을 훔쳐낸 것처럼 가슴이 두근거려서 시험공부를 제대로 할 수가 없었다.

"나래, 공부하니? 들어가도 되겠어?"

나래는 얼른 일기장을 덮어서 책상 서랍에 넣은 다음 대답을 했다.

"자, 너에게 온 편지다. 저녁 안 먹었으면 네가 챙겨 먹어."

엄마는 최경진 선생님이 보낸 편지를 건네주며, 나래의 얼굴을 힐끗 살펴보고 문을 닫았다. 나래는 왜 늦었느냐고 묻지 않는 엄마가 고맙기도 했지만 한편으로는 서운하고 야속한 생각이 들었다.

나래는 다른 때보다 일찍 서둘러 학교에 갔다. 소라와 현희가 먼저 와서 기다리고 있었다.

"난 무서워서 도저히 못 들어가겠어. 저기 남학생을 혼내고 계시는 대머리 선생님은 꼭 저승사자 같단 말이다."

현희는 학생부라고 써 붙인 팻말 앞에 도착하자마자 교실 안을 들여다보고는 벌써부터 부들부들 떠는 것이었다.

"너희들 뭐하는 놈들이야? 어떤 선생님한테 불려 왔어?"

주번 교사인 듯한 남자 선생님이 지나가다 말고 참견을 했다.

"저어, 이기자 선생님께."

"그럼 들어가서 말씀드려야지. 이놈들아. 어디 보자. 용의 복장은 단정한데. 그래, 어제 일요일에 사고를 쳤나보구나. 이놈들 3학년이지?"

소문대로 학생부라는 데는 죄지은 학생들만 드나드는 곳인가 보다.

"왔으면 노크하고 들어갈 일이지. 따라 들어와!"

지금 막 출근을 하는지 커다란 가방을 세일즈맨처럼 메고 들어서며 큰소리로 야단을 치는 사람은 나홀로 선생님이었다.

"이리로 와서 꿇어 앉아!"

교실 안의 분위기를 살펴볼 틈도 주지 않은 채 나 선생님은 하얀 종이 한 장씩을 아이들에게 나누어 주었다.

"거기 바닥에 엎드려서 어젯밤에 있었던 일을 모두 적는 거야. 한 가지라도 숨긴다거나 서로 일치되지 않는 점이 나올 시에는 엄벌에 처할 것이다. 알았지? 육하원칙에 의해서 기술하라 이 말이다."

기가 막히는 노릇이었다. 책상이나 의자도 없이 맨 바닥에 엎드려 기름걸레로 먼지만 슬슬 닦아낸 지저분한 곳에서 풍기는 악취를 맡아가며 반성문을 쓰게 된 것이다.

"선생님, 말로 다 말씀드리면 안 되겠습니까?"

"이놈 봐라. '참새네 이야기방인지 수다방인지'를 드나드는 놈들이라서 입은 살아 가지고? 어서 써!"

나홀로 선생님은 소라의 말을 무시해 버리고 학생 주임인 듯한 대머리 선생님 쪽으로 가서 벌을 받고 있는 남학생에게 말을 건넸다.

"이 녀석이 그래도 잘못했다는 말을 안 하는 거야? 선생님들이 타고 다니는 자동차에 못으로 금을 그어놓고도 끝까지 잘했다는 건 무슨 배짱이냐? 네가 하는 걸 본 사람이 있는데도?"

"전 안했어요. 주차장에서 도시락만 까먹었단 말이에요."

"이놈 봐라, 점점. 안되겠다. 곤장을 좀 쳐야지. 너 일어섯! 저어기 세워놓은 대걸레를 들고 와! 빨리!"

나 선생님은 호랑이처럼 으르렁대며 교실 구석에 세워 놓은 대걸레를 가리켰다.

"전 아니라니까요."

남자아이가 일어서지 않자 나 선생님은 손수 대걸레를 들고 왔다.
"엎드려뻗쳐! 자, 어금니를 꼭 다물고 하나 둘을 세는 거다. 소리가 약하면 처음부터 다시 시작이야. 알겠나?"
나 선생님이 대걸레 자루를 거꾸로 잡아쥐고 높이 들어 올리자 나래와 현희, 소라는 약속이나 한 듯 두 손으로 눈을 꼭 가려버렸다.
"탁!"
어찌나 그 소리가 컸던지 여자애들은 가슴이 덜컹 내려앉는 듯하여 이번엔 양손이 모두 가슴에 얹혀졌다.
"이놈 봐라. 끄떡도 없네!"
나홀로 선생님의 목소리가 심상치 않아 어쩌면 그 남학생이 졸도라도 했을 것이라 생각하며 여자애들은 살며시 그 쪽으로 시선을 돌렸다. 그런데 이상한 일이었다. 남자애는 정말로 얼굴색 하나 변하지 않고 그대로 엎드려 있는 게 아닌가.
"일어서 이놈아, 너도 저 녀석들처럼 사유서를 써 봐! 처벌은 그 다음에 할 테니까."
나 선생님이 이쪽으로 눈을 돌리자 여자애들은 재빨리 연필을 굴렸다. 얼마나 지났을까 시계를 보니 곧 첫째 시간 시작종이 울리기 직전이었다.
"선생님, 다 썼는데요."
현희가 나 선생님을 불렀다.
"야, 이놈들아. 이따가 이기자 선생님께 제출해! 난 너희 같은 시시한 놈들하고 말하고 싶지 않으니까."
아이들은 서로서로 눈만 마주쳤다. 무슨 뜻인지 알 수가 없었기 때문이다. 이윽고 이기자 선생님이 출입문에 나타났다. 그 뒤에는 담임 선생님인 빈 선생님이 따라 들어왔다. 여자애들은 고개를 푹 숙였다. 무슨 염치로 담임 선생님의 얼굴을 마주 대할 수 있는가 말이다.

"난 또 집단 가출이라도 한 줄 알고 깜짝 놀랐다 아닌가. 아침 자습 시간에 빈자리가 너무 많아서. 그런데 전화연인 왜 없나?"

"네?"

그제야 아이들은 고개를 들었다.

"그놈아는 아주 결석인가? 어디 보자. 도대체 이놈아들이 벌써 졸업 기분을 내나? 아직 연합고사도 치르지 않고. 쯧쯧!"

담임 선생님은 맨 먼저 나래가 쓴 반성문을 읽었다. 이기자 선생님도 소라와 현희가 써낸 글을 죽 훑어 읽었다. 말이 반성문이지 솔직히 반성할 것도 없었다. 커피 한잔 먹겠다고 들어간 곳이 카페라는 명목 하나 때문에 이렇게 한 시간 가량을 꿇어앉아 있는 것만 해도 억울하기 짝이 없는 일이 아닌가.

"그래? 화연이가 물에 빠졌다 이 말인가? 그렇다면 좀 알아봐야겠는 걸. 어쩌면 감기몸살로 앓고 있을지도 모르겠구먼. 이 선생님! 이 놈들 단단히 교육시켜서 보내주십시오. 난 교무실에 가서 전화라도 해볼 테니까요."

담임 선생님은 당장 눈에 띄는 여자애들은 모른 체하고 화연이만 걱정이 되는지 뒤도 돌아보지 않고 나가 버리는 것이었다. 이기자 선생님은 뜻밖에도 곧 용서를 해주었다.

"다음부터는 조심해 알았지? 아무 곳이나 함부로 돌아다니지 말라는 뜻이야. 너희들이 아니었으면 화연이가 어찌 되었을까 싶어서 여러 가지로 참작하여 보내주는 거다. 대신 앞으로 또 이런 일 때문에 학생부로 불려올 때는 내가 용서치 않는다. 아무리 사소한 일이라도 처벌의 대상이 되는 거야. 내 경고 알아들었겠지?"

"후유! 살았다."

학생부실에서 풀려 나온 아이들은 만세까지 부르며 좋아했다.

"그런데 일이 이렇게 쉽게 끝날 줄은 상상도 못했는데."

"공연히 어젯밤에 한잠도 못 자고 걱정했잖아."

"누구는 편히 잤겠니? 아이고 우리 식구들한테 털어놓지 않길 천만 다행이지."

소라와 현희는 손뼉을 마주치며 갈 때와는 달리 희색이 만면에 가득했다.

'왜 그렇게 금방 훈방 조치로 끝낸 것일까? 나홀로 선생님과 이기자 선생님이라면 찰거머리처럼 끈질기다고 들었는데.'

나래는 아무래도 의심쩍은 데가 있다고 생각하며 교실로 돌아왔다. 그리고는 맨 먼저 미진이와 진희의 태도를 살폈다. 그러나 미진과 진희는 아무 일도 없었던 것처럼 시치미를 뚝 떼고 앉아서 책을 보고 있었다. 물론 시험공부를 하는 건 아니었다. 소설책인 듯했다.

'어쩌면 저렇게들 태연스럽게 앉아 있을까? 양심의 가책이란 게 조금도 없는 애들 같으니.'

나래는 문득 미진이가 시험볼 때에 답안지를 두 장씩 작성해 주면 카페에 갔던 일은 모두 자기들이 뒤집어쓰겠다고 한 말이 떠올랐다.

'그렇다면?'

첫째 시간이 끝나기를 기다려 나래는 미진이의 옆구리를 쿡쿡 찌르며 말을 붙였다. 미진은 정색을 하며 무슨 일이냐는 듯 쳐다보았다.
"너 혹시 아침 일찍 학생부에 다녀온 것 아니냐?"
"뭐라고? 무엇 때문에? 요즈음 학생부에 갈 일이 뭐가 있겠니?"
미진이가 펄쩍 뛰며 잡아떼는 바람에 오히려 나래의 얼굴이 발갛게 상기되었다.
"정말이니? 아무 일도 없었어? 너 어젯밤에."
"무얼 말하는 거야? 너 공부도 좋지만 너무 무리하면 이렇게 돈다."
미진이는 오른손 집게손가락을 자기 귀 옆에다가 대고 뱅글뱅글 돌리며 정신 병원에라도 가게 되면 큰일이라고 말했다.
"알았어. 내가 잘못 본 거겠지."
금방이라도 울화가 터질 것만 같아 나래는 입술을 꼭 깨물며 밖으로 나와 버렸다.
"강나래, 무슨 일이야? 너 학생부에 불려갔다면서?"
정숙이 부리나케 달려오며 묻는 것이었다.
"응."
"무엇 때문에? 뭘 잘못했는데?"
"아무 것도 아니야."
"뭐야? 너 정말 그러기야?"
"도대체 무슨 일이야?"
"알 것 없대두!"
나래가 버럭 소리를 지르며 화장실로 들어가자 정숙은 닭 쫓던 개처럼 멍하니 서 있다가 뒤돌아 가버렸다.
'내가 너무 했나? 아무 것도 아닌 거라면 대강 이야기를 해줘도 되

는 건데.'

 하지만 미진이와 진희의 일을 생각하면 너무도 기분이 나쁘다. 그걸 어떻게 말로 다 표현할 수가 있는가 말이다. 그런데 화장실 안 거울 앞에서 깔깔거리며 이야기를 주고받는 아이들은 진희와 여옥이었다.

 "강나래, 너도 그런 곳엘 다니냐? '참새들의 이야기방' 진희 말이 맞는 거야? 3대 3으로 만났다는 거?"

 진희가 여옥에게 고자질을 한 것 같았다.

 "그래, 진희야. 그건 그렇고 너 어제 음악 테이프를 훔친 일은 아무렇지도 않니?"

 "뭐라고? 누가? 너 아직 술에 취해 있는 건 아니겠지? 누가 뭘 훔쳤다는 거야?"

 진희도 감쪽같이 그 사실을 부인하고 나섰다.

 "나래야, 이 아이들도 알고 보면 착한 애들이다. 공부를 못한다고 다 나쁜 건 아니라니까."

 정말 답답한 일이었다. 그토록 순박하기만 하던 여옥이까지 지금 진희 편에 서서 일방적으로 나래를 공격하고 있지 않은가. 이럴 줄 알았으면 정숙이를 데리고 화장실에 들어올 걸 하는 생각이 들었다. 그래도 나래의 마음을 가장 잘 헤아려 주고 시원스럽게 문제를 해결해 주는 친구는 오로지 정숙이 하나뿐인 것이다.

 "됐어. 하지만 너희들은 9반 이동우한테 가서 사과를 하는 게 좋을 거야."

 "이동우? 넌 남학생들 이름도 잘 아는구나. 처음 듣는 이름인데?"

 더 이상 말할 필요가 없었다. 공연히 동우 이름을 꺼낸 것도 잘못된 것 같아 나래는 다시 교실로 돌아왔다.

"내가 한 말에 너무 신경 쓰지 마. 나 어차피 포기했으니까. 그까짓 고등학교에 못 가면 아무 곳에나 가서 돈벌이를 하다가 좋은 데로 시집갈 테니까. 컨닝 작전은 없던 걸로 하자구."

나래가 시무룩해진 얼굴로 자리에 와 앉자 미진이 크게 인심이라도 쓰듯 말하며 뒤따라 들어오는 진희와 여옥에게 손을 흔들었다.

종례 시간에 담임인 빈 선생님의 훈화가 여느 때보다 길었다.

"너희들 요즈음 기강이 많이 풀린 것 같은데 공부도 한때라 말이다. 늙어서는 하고 싶어도 못해. 기억력도 떨어지고 우선 몸이 말을 안 들어. 중·고등학교 때 공부를 안 하고 기회를 놓치면 평생 후회하는 거라구. 알겠나? 그리고 다음 주에는 실업학교 추천은 물론 전·후기 입학 원서교부 및 접수 기간이라는 거 다들 알고 있겠지? 난 너희들을 믿지만 혹시나 만에 하나라도 부모님과 의견 일치가 되지 않아 나중에 원망하는 소리를 듣고 싶진 않다. 그래서 말인데 내일 모레부터는 학부모와의 면담을 가질 예정이다. 그러니 집에서 충분히 자기의 진로를 상의해 가지고 결정을 한 후에 선생님과는 최종적으로 상담을 하여 원서를 작성하기 바란다. 어디까지나 선생님은 너희들의 의견과 학부모의 의사를 존중하는 쪽으로 하겠지만, 먼저 자기 자신의 능력과 처지를 잘 헤아려 신중하게 결정하도록. 특히 내일부터 실시하는 중간고사는 상고에 가려는 사람들에겐 아주 중요하다는 걸 잊지 말아라. 1학기 종합 성적과 2학기 중간고사의 성적으로 실업계 일차 추천을 한다함은 누차 이야기했으니까. 물론 연합고사에 의해서 실업계의 합격 여부를 결정짓기도 하겠지만 추천제에서 합격되고 나면 그만큼 마음의 짐을 일찍 덜게 될 테니까 말이다. 어쨌든 한 사람도 빠짐없이 최선을 다하기 바라며 이상 마친다."

"차려, 경례!"

나래가 구령을 하고 자리에 앉으려 하자 빈 선생님은 나래더러 교무실로 따라오라는 신호를 보내며 교실을 나갔다.

'그러면 그렇지. 카페에 들어간 일이 그리 쉽게 끝날 리 없어.'

나래는 죄수처럼 고개를 푹 숙이고 담임 선생님 자리로 갔다.

"그래, 너 외고에 가겠다는 생각은 변함없지?"

"네."

본론부터 이야기하지 않고 왜 엉뚱한 질문을 던질까. 나래는 차라리 선생님이 매를 들고 자기의 종아리를 찰싹찰싹 때려주기라도 했으면 시원할 것 같았다.

"그런데, 대공원으로 어디로 남학생들과 어울릴 시간이 있나?"

"성당에 갔다 오면서 앞뒤 생각 없이. 죄송해요, 선생님!"

"죄송이고 뭐고. 네 어머니께서 어젯밤에 나에게 전화로 모두 말씀하셨어 이놈아. 네가 너무 많이 걱정한다고 하시기에 괜찮다고 용서하겠다고 했지만. 어쨌거나 화연이가 큰일이다. 실어증 같다더라. 말을 전혀 안 한다는 거야. 너 나하고 함께 화연이 집에 들렀다 가야겠구나."

"네? 화연이가 실어증이요?"

나래는 놀라서 큰소리를 지르려다가 교무실 분위기에 눌려 자기 손으로 자기 입을 꼭 틀어막았다.

17. 방황하는 삼총사

나래가 교무실 밖에서 담임 선생님을 기다리고 있을 때 나홀로 선생님이 지나가다 말고 멈춰 섰다.

"네가 강나래라 했나? 어젯밤에 권 선생님한테서 전화를 받았다. 너희들이 커피 한잔 못 먹고 카페에서 나왔다는 말은 믿을 수 없지만, 너희들이 나쁜 녀석들은 아니라고 하는 권 선생님의 말은 내 믿을 수 있지. 어쨌든 너의 형부가 될 사이라니 내 많이 봐준 거다 알았나? 권 선생님과 나는 고등학교 동기가 아닌가 말이다."

"네, 감사합니다."

나 선생님은 나래의 인사는 받는 둥 마는 둥 하고 교무실로 들어갔다.

"앞장서라. 화연이 집이 어느 쪽에 있나?"

담임 선생님은 바쁜 걸음걸이로 교문을 나서면서부터 재촉을 했다.

"선생님, 실어증이라 함은 화연이가 말을 못한다는 말씀이시죠? 화연이가 어제 연못에 빠진 뒤부터 우리에게도 아무 말도 안 했거든요."

"글쎄다. 말을 안 하는 건지 못하는 건지 그 애 엄마도 잘 분간할 수가 없다더구나. 그래서 화연이 친구들이 와줬으면 하는 거란다."

"그렇다면 저보다는 기원이나 예은이가 좋겠어요. 화연과 친하니까요."

"그래? 하지만 그네들은 집으로 갔고, 너는 반장이니까 일단 대표로 가 봐야지."

정말이지 마음이 내키지 않았다. 화연이가 나래를 반겨줄 리 만무하고 오히려 하던 말도 입을 꼭 다물어 버릴 것만 같아 불안하기 짝이 없었다.

"선생님, 안녕하세요?"

"아니, 이놈들 봐라. 여태 안 가고 뭐하고 있었나?"

미진이와 진희, 여옥이었다.

"저기 헌책방에서 책을 몇 권 골랐어요. 선생님께서 마음의 양식을 쌓으라 하셨잖아요."

"그랬어? 기특하구나. 어디 무슨 책들인데?"

지금 담임 선생님은 미진에 대해서 얼마나 알고 있을까? 또 진희와 여옥이 그리고 화연이의 가정 사정도 파악하고 있는 건지.

"우리들이 즐겨 읽는 책이라야 주로 만화책들이죠, 뭐. 하지만 불량 서적은 아니니까 안심하세요. 그런데 선생님, 지금 강나래네 집에 가시는 거죠?"

미진이와 진희는 천연덕스럽게 선생님의 팔에 매달리며 어리광을 피웠다. 만약에 1학기 때 담임이었던 최경진 선생님이라면 저렇게 할 수 있을까.

'열 길 물속은 알아도 한 길 사람 속은 모른다'더니.

"아닌데? 나래네 집엔 왜?"

"나래가 잘못한 걸 용서해 달라고 나래 부모님이 집으로 초대하신 것 아닌가유?" 과연 상상력이 풍부한 여옥이가 끼여 있는 탓으로 돌릴 수밖에 없었다. 아무리 추측으로 농담을 할지라도 그들이 아니고서야 어떻게 그토록 비뚤어지게 비약시킬 수 있단 말인가.

"이놈들 봐라. 안 되겠는 걸. 나래가 뭘 잘못했길래?"

"카페에 갔었잖아요. 우리가 두 눈으로 똑똑히 목격했는 걸요?"

"그래? 그렇다면 너희들도 그 곳에 있었다는 말이 되는데. 내 말이 맞지?"

이런 걸 가리켜 '자가당착'이라고 하는가 보다. 저희들이 파 놓은 함정에 자기들이 빠지는 것처럼.

"아니에유. 난 카페라는 곳에는 얼씬도 안 했는 걸유."

여옥이 펄쩍 뛰며 잡아뗐지만 미진이와 진희는 자신들의 입을 꼭 가린 채 뒤쪽으로 살금살금 빠지는 것이었다.

"그러고도 용케 학생부 선생님들의 눈을 잘 피했는데 너희들 스스로가 내 앞에서 자백을 한 셈이 되는구나."

"실은 그게 아니고요."

"변명은 필요 없고. 참 장미진은 지난번에 물상 선생님도 말씀하셨는데 내 그냥 한쪽 귀로 듣고 흘러버렸었지. 학창 시절에야 꿈도 많고 호기심도 많을 테니 한두 번 정도의 잘못이나 실수는 눈감아 줄 수 있는 거니까.”

“어머나, 그러면 선생님 저희를 용서해 주신다는 말씀이신가요? 강나래처럼?”

미진이는 한 수 더 얹어 선생님 마음을 돌려놓으려고 애쓰고 있었다.

“너희들과 대화를 나눠보면 알게 되겠지. 자, 우리 저쪽에 있는 제과점으로 갈까? 오늘은 내가 빵을 사주겠다.”

“그럼 화연이네는 어쩌고요?”

“좋아, 화연이 집에 가는 건 뒤로 미루겠다. 오늘은 너희들에게 시간을 내주지.”

그들에게는 안 됐지만 나래는 뛸 듯이 기뻤다. 화연이 집이라면 두 번 다시 가고 싶지 않은 것이 나래의 솔직한 심정이었기 때문이다.

“강나래, 넌 집으로 돌아가고 내일이라도 상황 봐서 화연일 만나자구나. 혹시 아니? 화연이 내일 학교에 나올지. 그리고 사전에 가정 방문을 약속했던 것도 아니였으니까.”

선생님은 마치 미진에게 들어 보라는 듯 가정 방문은 필요시에 가는 것이지 약속하고 가는 게 아님을 강조하는 것 같았다.

“선생님, 내일부터 중간고사인데 시험공부를 안 해서 집에 빨리 가면 안 될까요?”

여옥이 금방 울상이 되어 말했다.

“그런 녀석이 왜 지금까지 집에 안 가고 길에서 누굴 기다리는 거야?"

"다음부터는 일찍 돌아갈 거에유. 저는 집에 늦게 가면 고모에게 혼나거든요."

"고모에게?"

선생님이 의아하게 반문하는 걸 봐서는 여옥에 대해서 아직 모르고 있음이 분명했다. 나래는 여러 가지로 잘된 일인지 모른다는 생각을 하며 층계쪽으로 내려왔다.

일명 뉴 패션 삼총사로 불리던 미진이와 다른 반의 혜정과 영애가 예고도 없이 언제 해산되었는지는 몰라도 이젠 아이들이 바뀐 것 같다. 미진이 마음 약한 진희를 포섭하는 것쯤이야 식은 죽 먹기보다 쉬웠겠지만, 박여옥을 자기편으로 끌어들이기가 그리 쉽진 않았을 텐데. 나래는 또 공연한 일에 신경을 쓰고 있는 자신이 우스웠지만, 아무래도 그냥 지나칠 일은 아니었다. 성적이 너무 낮아서 상급 학교에 진학하기가 힘들다는 미진과 진희가 방황하고 있음은 이해가 가지만 그토록 강한 의지력과 미래에 대한 포부가 큰 문학소녀 여옥이가 그들과 어울리고 있는 데는 무슨 까닭이 있는 게 분명했다.

'세상 살아가는 데는 알 수 없는 일들이 너무 많아. 참 나 좀 보게, 내 일도 해결치 못하면서 남들의 일까지 염려할 시간이 어디 있다고.'

나래는 자기 스스로에게 코웃음을 치면서 다른 애들 일에는 관여하지 말자고 혼자 마음속으로 다짐했다. 그렇지만 순간적으로 실어증으로 말을 못한다는 화연의 얼굴이 떠올라 또 다시 마음이 어수선해졌다.

'참 그렇다. 얼마 전에 운동장에서 형석이와 우리가 얘기를 나누고 들어온 날 화연인 우릴 매우 나쁘게 몰아세웠지. 그리고 또 대공원에서도 우리들이 남학생들과 어울리는 것을 그 아인 또 마땅치 않게 여기며 비웃었어. 맞아. 그 앤 외로운 거야. 남자친구도 사귀고 싶고. 어쩌면 화연인 나보다도 뒤늦게 사춘기 병을 앓고 있는지도 몰라.'

여기까지 생각이 미치자 나래는 썩 좋은 방법이라도 찾아냈다는 듯이 자기 무릎을 '탁' 치며 만족한 웃음을 지었다.

'고형석일 불러내서 그래, 병혁과 동우랑 민수도 괜찮겠지. 모두 다 함께 화연이네 집에 가서 명랑하게 떠들며 그 앨 웃겨주는 거야. 말이 실어증이지 화연인 전래 동화속의 공주처럼 웃음을 잃은 거니까.'

나래가 또 화연이 생각에 사로잡혀 공상을 하고 있을 때였다.

"아가씨, 잠깐만 이야길 나눌까요?"

별안간 나래의 팔을 틀어잡고 옆 골목으로 데려가는 사람들은 무서운 유괴범도 아니고 강도도 아닌 그들이었다. 장미진과 아이들인 것이다.

"너희들 왜 그러니? 말로 하지 않고. 참, 담임 선생님과의 상담은 끝난 거야?"

"야, 상담 같은 상담이라면 교내에서 해야지. 우리가 뭐 죄인이라도 된단 말이냐? 길거리에서 붙들려 상담을 하게? 선생님이 제과점으로 들어가는 걸 보고 우린 잽싸게 도망쳤지 뭐. '그까짓 빵 한 조각으로 우릴 설득시키실 생각일랑 아예 집어치우십시오' 하고 말이다."

미진은 겁도 없이 큰소리로 떠들어대는 것이었다.

"그렇다 하더라도 내일 학교에 가면 선생님과는 또 마주칠 게 아니겠니?"

"야, 우리가 도망칠 때는 다 생각이 있지. 우린 내일부터 학교에 안 나갈 거야. 그 지긋지긋한 시험을 피해갈 거라고. 그런데 중요한 것은 너도 우리들과 함께 행동해 줬으면 하는데."

"뭐라고?"

나래가 소스라치게 놀라자 그 애들은 오히려 즐거운 듯 깔깔거리고 웃었다.

"겁먹을 거 없어. 널 우리들의 아지트로 하룻밤만 모셔 가면 될 테니까. 거기서 우린 너의 집으로 전화를 할 거다. 담임 선생님 집에도 말이다. 너네는 상류층으로 잘 살고 있는데다가 너의 부모들은 너에 대한 관심이 지대하지 않니?"

"농담하지 마. 어느 부모나 자식에 대한 관심은 다들 똑같다고 봐. 그리고 너희들의 아지트는 또 뭐야?"

"너도 가 보았잖니? '참새들의 이야기방' 말이다. 난 종종 그곳에서 밤을 새우는 날이 많아. 우리 부모들이 다투고 싸우는 날이면 집에서 뛰쳐나와 갈 데가 어디 있겠니? 그곳 주방에서 설거지라도 해주면 끼니는 해결할 수 있으니까."

"어머나, 너 그게 사실이니?"

어처구니없어서 입을 벌린 채 말을 잇지도 못하는 나래에게 여옥이도 함께 거들었다.

"나는 너의 집에 직접 갔다 온 장본인이 아니더냐? 나도 너와 같은 환경에서 자라났으면 전교 일등도 할 수 있을지 누가 알겠느냐구. 또 너의 엄마가 아무리 우리 학교 어머니 회장으로 좋은 일을 많이 한다손 치더라도 그렇지야. 우리 학교 선생님들도 똑같은 게 아니냐? 너 같은 아이는 다 봐주면서 미진이 같은 애가 조금만 잘못하면 교무실에다가 하루 종일 꿇어앉혀 놓고 반성문을 쓰게 하거나 함께 어울린 친구를 대라고 윽박지른다면서?"

여옥인 무언가 불만이 많아 보였다. 지금 나래는 어떤 말로 응수를 할지 갈피를 못 잡고 있을 뿐이었다. 분명 미진의 간사한 꾀에 여옥이가 순진하게 넘어간 것 같다. 때 묻지 않은 시골뜨기가 동정심은 철철 넘쳐가지고 정의를 위해서 싸워보겠다고 나선 꼴이다. 하지만 이 상황에서 미진과 진희의 잘못을 밝히고 여옥의 마음을 돌릴 자신은 조금도 없었다. 아니 그런 용기가 생기질 않았다.

"너희들 이러면 못 써. 빨리들 집으로 돌아가. 날도 어둑해졌는데 왜 길에서 방황을 하는 거야."

나래의 두 눈에 눈물이 고여 있었다. 그네들의 협박이 두려워서가 아니라 진정으로 그들이 불쌍했기 때문이다.

"난 정말 학교 다니기가 싫단 말이다. 모처럼 새 담임이 겉보기에는 포근한 아버지 같아서 좋아지려고 했는데 역시 날 미워하는 건 여느 선생님과 똑같더라는 얘기다. 집에선 술주정뱅이 아버지가 돈이나 벌어오라고 소리치고 학교에선 사사건건 잘못했다고 아니면 성적이 나쁘다고 과목 선생님들마다 창피를 주면서 자존심을 팍팍 깎아내리니 어디 그 등쌀에 살아남겠느냐 말이다."

미진은 전신주 아래에 털썩 주저앉으며 짐승 같은 울부짖음으로 자신의 괴로움을 토로하는 것이었다.

"장미진이 하는 말 넌 어떻게 생각하냐? 미진이만 나쁘다고 생각하면 못 써야. 내가 이러는 것도 너는 이해 못하겠지만 너 같은 아인 과학고니, 외국어 고등학교니 하면서 선생님들의 주목을 끌고 있는데 비해서 나 같은 아인 뭐냔 말이다. 고모네 집에 얹혀서 겨우 중학교는 졸업하는가 보다고 고맙게 생각할 수도 있지야. 그렇지만 나더러 야간 상고에나 가서 자격증을 빨리 따는 수밖에는 도리가 없다더라. 낮에는 고모네 가게에 나가 일을 도와주고 밤에 다니는 학교에 진학하라는 거여. 우리 고모도 직장을 그만 두고 작은 가게를 하나 얻어서 운영하는 게 그게 뜻대로 안 되니까 그렇겠지만. 그러니 별수 있냐? 나도 미진과 진희가 가는 학교로 같이 갈 테니까, 지금부터 친해 두어야지 않겠느냐는 말이다. 알아듣겠냐?"

진희도 또 자기네 이야기를 털어놓으며 해외로 돈 벌러 나간 아버지 얼굴을 잘하면 잊어버릴지도 모르겠다는 등, 공장에서 저녁 늦게 돌아오는 어머니의 굳은 표정과 재수를 하면서도 멋만 부리는 언니가 보기 싫어서 집에 일찍 들어가기가 싫다는 등의 푸념을 털어놓는 것이었다.

"얘들아, 그런 이야기를 담임 선생님과 상담하는 거 아니겠니? 너희들은 오늘 좋은 기회를 놓친 거야. 아마 너희들 이야기를 들으셨다면 담임 선생님도 너희 편에서 충분히 이해하셨을 텐데. 어쨌든 고마워. 너희들의 속마음을 나에게 모두 다 알려줘서. 내 힘닿는 데까지 너희들에게 협조할 테니 오늘은 그만 각자 집으로 돌아가자. 내일 당장 시험이 있잖니?"

"그러면 우리 결론부터 이야기하자. 내일 시험 시간에 우릴 도와줄 수 있다는 거야?"

미진인 또 나래의 마음을 무겁게 만들었다. 나래는 다른 것은 몰라도 그것만은 안 되겠다고 완강히 거절했다. 시험 때라서 그런지 골목에는 찬바람만 감돌 뿐 오늘은 지나가는 아이 하나 없다. 희미한 가로등 밑에서 그들과 얼마나 입씨름을 했는지 모른다. 나래가 집으로 돌아왔을 때는 밤 열시가 넘었다. 엄마는 학교로 전화까지 했다고 말했다. 언니는 조금 전까지 대문 앞에서 기다리다가 금방 들어왔다고 했다. 늦은 저녁상을 앞에 놓고 나래는 밥이 잘 넘어가질 않아 겨우 몇 술갈을 뜨다 말았다. 엄마와 언니는 서로 번갈아 보며 걱정스러운 눈빛으로 나래를 살폈다.

"너 이번 시험은 망칠 생각이니? 내일부터 시험이라 하지 않았어? 참 어젯밤에 빈 선생님과 통화를 했는데 넌 외고보다는 과기고가 적성에 더 맞지 않을까 하시더라."

"왜 그런 전화를 하시고 그러세요? 내 일은 내가 알아서 할 테니까 너무 신경 쓰지 마세요!"

나래가 버럭 소리를 지르자 두 사람은 더 이상 아무 말도 하지 않고 텔레비전을 보는 체 시선을 돌렸다.

나래는 시험공부보다는 다른 공상으로 밤을 지새웠다. 미진의 고민과 진희, 여옥의 푸념이 머릿속을 한동안 산란하게 하여 깊은 잠을 이룰 수가 없었다. 더욱이 정신 집중이 되지 않아 공부는 더욱 힘들었다.

'학교 시험도 그렇지만 내일 모레 다가오는 외고 시험에 합격이나 될지 모르겠다.' 부수수한 모습으로 학교에 가서 나래는 공책 정리한 것들을 대강 살펴보았다.

시험 문제는 별로 어렵지 않았다. 평소에 예습 복습을 철저히 해둔 탓이리라. 그리고 학교에 안 나오면 어쩌나하고 걱정을 했던 미진과 진희, 여옥이 모두 정상적으로 출석하여 시험에 응시하고 있었으므로 나래의 마음은 더욱 안심이 되었다. 다만 화연이가 학교에 나오지 않았으나 평소 성적의 70%는 인정한다니 다행이었다.

18. 갈림길에 서서

"화연이 외고에 원서 접수를 해놨으니 시험 보는 날이나 빠지지 말아야 할 텐데."

집으로 오는 길에 나래는 정숙에게 화연이 걱정을 했다.

"넌 속도 좋다. 화연이도 따지고 보면 너의 경쟁자가 아니냐? 그럴리는 없겠지만 화연이가 합격되고 네가 떨어지면 어떻게 하려고?"

정숙은 언제나 나래편이다. 화연이가 외고에 간다는 것부터가 마음에 안 든다고 투덜대던 정숙이었다.

"그렇다면 화연이만은 아니지. 너도 나의 경쟁자인 걸?"

"야, 걱정 마라. 난 들러리를 서 주기 위해 재미삼아 원서를 넣어본 것 뿐이라니까. 나 같은 사람은 합격될 리 만무하지."

"그런 말 함부로 하지 마. 일단 뜻을 세웠으면 최선을 다해 보는 거야."

"그렇지, 우린 서로 선의의 경쟁자들이니까. 난 네가 수석 합격되기만을 빌 뿐이다. 잘해 보라고."

정숙이 엄지손가락을 올리며 생긋 웃자 나래도 정숙의 어깨를 꼭 붙들어 잡았다.

"우리 다 같이 같은 학교로 진학하면 참 좋을 텐데. 대학도 같이 가고 말이다. 참 장영실이는 벌써 S예고에서 연락이 왔다더라. 합격되었다는."

"어머, 그랬어? 정말 축하할 일이로구나. 물론 무용과겠지?"

"그래, 재즈 무용인지 뭔지를 잘 하지 않니? 4반에 미영인 K예고 연극영화과에 합격되었다던가?"

"벌써 소문도 빠르구나."

"응. 그 아인 1차에 합격되었다고 했으니까 최종 합격자 발표를 기다려야겠지 뭐."

"어쨌든 아이들이 한 명씩 두 명씩 제 갈 길을 찾아가는구나. 각자의 소질과 능력에 따라."

"야, 너 그 소문 들었니? 9반에 전학해 왔다는 고형석인가 하는 남학생 말이야."

"무슨 일인데?"

"아휴, 그 엉큼한 녀석, 뭐 체육 특기자라고? 그리고 씨름 선수라 했지? 너무 웃겨준 거야."

"왜? 뭐가 잘못 됐니?"

18. 갈림길에 서서

"잘못 되어도 한참 잘못 되었단 말이다. 그 애는 이번에 과학고등학교에 원서를 넣었다지 뭐냐?"

"정말? 믿기지 않는데?"

"믿기지 않으면 직접 물어봐라. 같은 성당에도 다니고 함께 대공원에도 놀러가는 사이면서 망설일 것 없잖아."

"정숙이 너까지 그렇게 빈정대기니? 하여튼 모를 일이다. 그 남자애 열심히 공부하는 것 같지 않던데."

"그러니까 엉큼하기 짝이 없다는 거 아니냐? 진짜 능구렁이야. 그리고 뭐 강원도 두메산골에선가 진학왔댔지? 그것도 뻥이었어. 그 아이 아버지는 어디 아프리카에 있는 작은 나라의 대사관에 근무한단다. 그래서 저의 부모들이 외국에 가 있는 동안 친척 집에서 다녀야 하기 때문에 이쪽으로 전학 온 거래. 그 녀석 우리 학교로 전학 오기 전에도 강남에 있는 A학교에서 둘째가라면 서운해 할 만큼 공부를 잘했다더라."

"넌 어떻게 그 사실들을 다 알아낸 거야?"

"아는 수가 있지. 너도 나한테 말을 안 하는 게 있는데 나라고 다 털어놓을 수야 없지. 그 정도만 알려준 것도 엎드려 감사해야지."

"감사해야 할 이유도 없잖아."

"참, 그런가? 후우웃!"

정숙인 빅 뉴스거리라도 생긴 것처럼 의기양양한 태도로 주변을 둘러보았다. 자기 혼자만 알고 있기에는 너무도 벅찬 소식인 양. 입이 간지러워 견딜 수가 없다는 태도였다.

"그럼 과기고엔 몇 명이나 응시한다던?"

"확실히는 모르지만 열 명 정도는 되나 보더라. 지방으로 가는 학생도 있고. 맞아, 9반에 민수도 그 쪽으로 시험 본다더라. 또 한 가지 웃기는 사실은 너도 알지? 동우라는 아이 그 애도 외고에 원서를 냈다지 뭐냐? 친구 따라 강남을 가는 건지 아니면 죽을 때 원이 없도록 경험 삼아 응시를 하는 건지."

"아냐, 동우라는 아이 겉보기와는 많이 다른 것 같았어. 생각이 깊고 입이 무겁다고나 할까."

"야! 너 언제부터 그 아이까지 탐색을 철저히 해놓은 거니? 어떻게 그토록 잘 아느냐고?"

정숙이 아무리 졸라대어도 나래는 차마 말을 할 수가 없었다. 미진이과 진희가 동우네 가게에서 물건을 훔쳤다는 얘기며 동우가 더 이상 소문을 내지 않고 모르는 체 덮어 나가는 것이 얼마나 믿음직스러운가를 끝내 밝히지 않았다.

"나래야, 이쪽이야."

학교 운동장 포플러 나무 아래서 손짓을 하고 있는 아이는 여옥이었다. 나래는 천천히 걸어갔다.

"너희 엄마는 아주 멋쟁이야. 내가 전화를 하면서 내 이름을 대자마자 바로 알아보시는 것 있지? '지난번에 우리 집에 왔다간 학생이지?' 하시면서. 내 동생 안부도 잊지 않으시고 물어보시던디!"

"그랬니? 무엇 때문에 교실에서 얘기하지 않고 여기로 불러낸 거야?"

"응, 조용히 하고 싶은 이야기가 있어서야."

여옥이는 조금 전과는 달리 기운 없는 소리로 말했다.

"그럼 저기 벤치에 가서 앉자."

나래는 여옥이의 손을 잡아끌었다. 벤치 위에는 낙엽들이 떨어져 있어서 싸늘한 가을 날씨가 더욱 을씨년스럽게 느껴졌다.

"난 내일 시험이 있어서 오늘 집에 일찍 들어가야 하니까 용건만 간단하게 말하렴."

나래는 엊그제 진희와 미진이랑 어울려 있을 때의 여옥을 생각하며 혹시나 또 무슨 푸념을 늘어놓을지 몰라 미리 경계를 하는 것이었다.

"아니, 내일은 일요일인데 무슨 시험을 본다냐?"

"응, 이 옆에 있는 D외고에 시험을 보려고 원서를 냈거든."

"참, 그렇지야. 뭐 과학 고등학교인가 하는 곳도 오늘 시험이라면서?"

"맞아, 그래서 일찍 들어가려고."

"넌 좋겠다. 공부도 잘하고 얼굴도 예쁘고. 훌륭한 부모에다 가정 형편도 얼마나 좋으냐 말이여."

"너희 부모는 훌륭하시지 않니? 여옥아, 난 시골에서 열심히 농사를 지으시며 널 서울까지 보내어 학교를 다니게 하시는 너희 부모를 존경하고 싶더라. 그리고 어느 부모든 자식 사랑하는 마음은 똑같다고 봐."

"그려, 그건 그렇고. 나 너한테 용서를 빌고 싶어. 지난번에 미진이랑 너를 협박하며 괴롭혔던 거 정말 미안했다구."

"얘는, 새삼스럽게."

"실은 어제 시골 최 선생님한테서 편지를 받았거든. 언제나 용기를 잃지 말고 열심히 공부하라는 말씀이야. 네가 내 걱정을 아주 많이 하고 있더라는 거여. 난 네가 내 최 선생님에게 나의 이야길 하면서 내 장래를 염려해 주고 있다는 건 꿈에도 생각지 못했다니까."
"그거야. 같은 반 친구로서 당연한 일이지."
"하여튼 고맙고, 나 말이여. 다시 시골로 내려가 버릴까 보다."
"뭐야? 학교는 어떻게 하고?"
"어차피 야간 학교에 갈 바에야 시골 최 선생님한테 가서 일을 도와드리며 그곳 기술고등학교에 다니는 것도 나쁘진 않을 것 같아서."
"으응."
나래는 여옥의 찬 손을 꼭 잡아 쥐었다.
"나래야, 빨리 서둘러라. 마음이 급하면 제 실력을 발휘할 수 없는 거야. 좀 일찍 가서 기다리는 게 낫지."

엄마는 벌써 외출복으로 갈아입고 현관 문 앞에서 나래가 나오기를 기다리고 있었다.
"침착하게 한 문제 한 문제 정성들여서 풀어야 한다."
아빠도 언니도 자동차 안에서 계속 나래를 격려했다.
"학교에서 보는 대로만 하면 돼. 떨지 말고."
외국어 고등학교 교문 앞에는 이미 수많은 학부모들이 모여 서서 진을 치고 있었기 때문에 나래네 가족들도 차에서 내려 걸어갔다. 양쪽 편에 서 있는 사람들은 마치 얼굴 관상으로 합격 여부를 판가름이라도 할 것처럼 들어오는 학생 한 사람 한 사람을 지켜보면서 수군거렸다.
"안녕하셨어요? 나래야, 시험 잘 봐라."

우람이 오빠였다. 그 옆에는 권 선생님이 빙그레 웃으며 서 있었다.
"좋은 성적 기대한다."
권 선생님은 바쁜 중에도 나와서 나래를 반가운 손님 맞듯 대해주고는 이내 교무실 쪽으로 걸어 들어갔다.
'멋진 선생님!'
나래는 그 상황 속에서도 권 선생님의 뒷모습을 보며 연민의 정을 금치 못했다.
'꼭 붙어야 한다. 형부가 될 권 선생님. 그리고 언니의 동생이자 오빠가 된 우람이랑 같은 캠퍼스 안에서 단 일 년이라도 함께 생활하고 싶다.'
나래가 잠깐 창문 밖으로 시선을 돌리고 곱게 물든 단풍잎을 바라보고 있을 때 시험 시작 10분 전인 예비종이 울렸다.
"얘, 저기 좀 봐. 화연이 아니냐?"
나래의 건너편 쪽에 앉아 있던 정숙이가 교실 뒤편 출입구를 가리키며 나래를 불렀다. 몸이 아파 응시를 못하는 줄 알았던 화연이가 핼쑥한 얼굴로 입실하였다.
"화연아, 괜찮아? 시험 볼 수 있는 거야?"
나래가 달려가 오로지 한 자리만 텅 비어 있던 가운데 자리로 화연일 안내하며 물었다. 화연인 예상대로 아무런 대답을 하지 않았다. 안 하는 건지 못하는 건지, 알 수 없는 일이었다.
"시험 잘 봐. 꼭 합격되길 빌어."
화연이 어떠한 반응을 보이던 간에 나래는 진정으로 염려하며 제자리로 와 앉았다. 시험 감독 선생님이 두 사람이나 들어와 주의 사항을 말한 뒤 시험지를 나누어 주었다.

'그래, 화연이가 최고 점수를 받아야 해. 어쩌면 그 결과가 화연의 웃음을 되찾을 수 있는 특효약일지도 몰라.'

나래는 저 혼자 의미 있는 미소를 지으면서 시험지의 맨 윗부분에 자기 이름 석 자를 써넣었다.

19. 현명한 진로 선택

나래에게 있어서 지난주는 몹시도 힘들었던 나날들이었다. 하지만 많은 걸 생각하고 느낄 수 있었기에 정신적으로 성큼 자라났는지도 모른다. 세월이 빠르다는 말이 실감나기 시작했다. 벌써 설악산에는 첫눈이 내렸다는 일기 예보가 있었다. 이제 중간고사도 끝나고 성적 결과도 나왔다. 나래는 여전히 학급에서 일등을 차지했다. 그런데 이번 성적표에는 비고란에 따로 남녀를 갈라서 석차를 밝혀놓았을 뿐 아니라 전체 등수도 참고로 적어놓았다. 아마도 내신 성적에 의한 추천제 학교 원서를 내기 위함이었으리라. 나래가 성적표를 받아들고 고개를 갸우뚱하며 궁금히 여길 틈도 갖기 전에 정숙이 먼저 이야기를 꺼냈다.

"너 이번에 여자 중에서는 일등이지만 남녀 전체에서는 이등이지?"
"응, 네가 어떻게 알아?"
"야, 그 녀석 있잖아. 형석인가 하는 애가 당당하게 너를 제치고 전교 일등을 차지했다지 뭐니?"
"그래? 정보도 빠르구나."

나래는 오히려 마음속으로 형석을 향하여 박수갈채를 보내고 싶었다.

"너 말이다. 다음 일요일 아침 여섯 시쯤에 약수터에서 만날까?"
"별안간 약수터는 왜?"
"너희 아버지가 조기 축구회에 나가신다고 안 하셨니? 그때 따라나서라고. 난 재수하는 우리 큰오빠를 따라 우연히 몇 번 갔었는데, 이리 가까이 와서 귀를 대."

정숙이 귀엣말을 하며 은근 살짝 놀리는 바람에 나래의 귀밑이 빨개졌다.

학교 뒤편으로 제법 높이 솟아있는 용마산 기슭에 약수터가 있다. 일요일마다 늦잠을 자던 나래가 아버지를 따라 나서자 가족들이 모두 의아하게 생각했다. 그러나 나래는 자기만이 아는 다른 속셈이 있었다. 정숙이가 놀린 것처럼 고형석이 자기 삼촌과 테니스를 하는 모습을 구경하러 나가는 것만은 아니었다. 약수터로 가는 길에는 미진이랑 진희가 살고 있는 긴고랑이 있었고, 또 그 곳의 재개발 사업을 나래의 아버지가 맡아서 진행시키고 있었기 때문이었다.

"아빠, 임대 아파트는 언제부터 짓게 되나요? 여기 사는 사람들 모두가 철거를 당해야 하지 않겠어요?"

긴고랑 옆을 지나면서 나래는 언젠가 아버지로부터 들었던 사업 계획을 떠올리며 귀찮을 정도로 질문을 퍼부었다.

"그래, 네 친구들이 이 마을에 살고 있다 했지? 염려 말래도. 모든 일은 정부나 회사가 잘 알아서 한다고 말했잖니?"

"그렇지만 지금도 일자리가 마땅치 않아 놀고먹는 어른들도 적지 않나 봐요."

나래는 미진이 하던 말을 쉽게 잊을 수 없을 것 같아 아버지에게 은근히 부탁의 말을 하고 싶었던 것이다.

"사람이 게으르면 아무리 좋은 일자리도 마음에 들지 않는 법이야. 직업에는 귀천이 없으니 맡은 일에 최선을 다하려는 자세가 중요한 것이지."

"아빠, 공사가 시작되면 내 친구 미진이 아빠 일자리부터 소개해 주세요."

아버지는 그 말에는 아무런 대답을 하지 않았지만, 안 된다거나 싫은 표정은 찾아볼 수 없었다.

"그럼 오늘은 우리 공주님이 약수를 받아오실까? 난 저쪽 축구장으로 가볼 테니."

아버지는 약수를 받는 하얀 통을 나래에게 넘겨주고는 아랫길로 내려갔다. 약수터로 가는 길은 누군가가 새벽 일찍 깨끗이 쓸어놓아 싱그러운 숲속의 맑은 공기와 더불어 더욱 상쾌한 기분을 만끽할 수 있었다.

"얏호!"

아무도 없는 호젓한 길을 거니는 이 기분! 저 아래 어느 절에서 청

량하게 들려오는 목탁 소리조차 왠지 호감이 갔다.

'예수님이나, 부처님이나 말씀하시는 진리는 다 같으니까 사랑하고 베풀고, 용서하는 것만이 인간살이에서 으뜸이 되는 일일지어니.'

나래가 토끼처럼 깡충거리며 약수터에 이르렀을 때에는 먼저 와서 줄을 서 있는 사람들도 스무 명이 넘었다.

'정말 부지런하신 분들이구나.'

나래는 맨 끝에 약수물통을 대어 놓고 주변을 빙 둘러보았다. 이토록 경치 좋은 곳의 바로 아래에 나래네 학교가 자리잡고 있다. 뚜렷이 보이진 않지만 일요일 아침의 한가로운 교정에서는 몇 명의 남학생들이 농구를 하고 있는 듯 왔다갔다 움직이는 게 내려다 보였다. '이제 몇 개월만 지나면 저 학교를 떠나게 되는구나' 생각하니 벌써부터 아쉬운 마음에 눈시울이 뜨거워져 갔다.

"야, 강나래! 웬일이야? 네가 다 약수터에 나오고."

깜짝 놀라 돌아다보니 학생회 부회장 권동현이었다. 생김생김이 미남형에다가 항상 깔끔하게 차리고 다니는 동현은 여학생들에게 제법 인기가 많았으나 통 대꾸를 해주지 않아 도전했던 여학생들이 모두 KO패 당한다는 소문의 주인공이었다.

"응, 아버지를 따라서."

"그렇지, 외고 시험도 끝나고 이젠 좀 한가하시다 이 말씀이시겠지?"

친구로 사귀기에는 여간 힘들지 않다는 정숙의 말과는 달리 동현이 매우 싹싹하게 말을 건네는 것이었다.

"넌 자주 나오니? 일요일마다?"

"아냐, 난 얼마 되지 않았어. 형석을 따라서 테니스를 좀 배우려고 나온 거야"

동현이가 가리키는 곳을 내려다보니 과연 고형석이 알로에 즙이며 칡차 등을 즐비하게 늘어놓고 장사를 하는 곳에서 무언가를 열심히 사고 있었다.

"너하고 저 아이는 같은 반도 아니잖아. 어떻게 알았어?"

나래는 속으로 짐짓 놀랐으면서도 겉으로는 아주 태연하게 물었다.

"저 녀석은 널 아주 잘 알던데? 가정 사정까지 말이다. 우린 과기고에 원서를 내러 가면서부터 알았거든. 자식, 여간 늠름한 게 아니야. 테니스도 프로급이던데? 저 아래서 널 먼저 발견한 것도 형석이라니까."

동현이는 마치 형석의 심부름으로 나래를 부르러 온 것 마냥 꼬리를 사리면서 적당히 둘러대는 것이었다.

"그래, 지금 무얼 사고 있다던?"

"널 주려고 떡을 사나 보더라. 인절미 말이야."

"흥! 누가 먹는 댔어?"

나래가 약수통을 저만큼 앞으로 갖다놓으며 쌀쌀맞게 굴자 동현은 나래의 어깨를 쿡쿡 찌르며 잠깐만 형석이 있는 곳으로 내려가자고 했다.

"못할 것도 없지 뭐. 잠깐만 기다려. 물통에 물은 받아야 하니까."

나래가 작은 바가지를 들고 약수 물을 받아서 통에 붓자 동현이 나래를 저만치 밀어내고는 아예 물이 새어나오는 호스 끝을 통에 집어넣고 금방 물을 가득 채웠다.

"너 머리 나쁘면 평생 고생한다는 말 들어봤지?"

동현이 나래를 놀리며 약수 물통을 자기가 들고 앞장을 섰다.

"어서 오십시오. 반갑습니다."

목에다 수건을 두르고 금방 산 떡을 비닐봉지에 담아들고 서 있던 형석이 고개까지 끄덕하며 반갑게 아는 체를 해왔다.

"그래, 씨름 선수가 하루아침에 테니스 선수로 둔갑을 하셨답니까?"

나래도 지지 않고 말을 했다. 그 동안 아무것도 모르고 형석에게 속은 것이 좀 분했기 때문이다.

"스포츠라는 것은 궁극적 목적이 다 같은 법 아니겠습니까? 체력 단련에 건강한 심신을 기르면 되지요."

형석은 여전히 능글맞게 웃으며 농담 섞어 대답을 했다.

"그래, 과기고 시험은 잘 봤어?"

"그저 그렇게 봤지 뭐. 참 외고 시험은?"

"난 떨어졌을 거야. 일부러 맞는 답을 지우고 다른 답으로 고쳐서 냈으니까."

"뭐야? 왜 그런 짓을?"

"그건 또 무슨 별난 특기라니? 몇 문제나?"

동현도 나래의 말을 이해할 수 없다는 듯이 눈을 크게 뜨며 물어왔다.

"시간마다 대여섯 문제씩. 그저 재미로 그랬을 뿐이야."

대단찮게 대답하는 나래의 얼굴을 형석과 동현이 빤히 바라보고 서 있을 때였다.

"아니, 왜들 그러냐? 너희 녀석들, 왜 여학생의 길을 막고 서서 못

가게 하는 거야?"

파마머리에 앞치마를 두른 아주머니는 어디서 많이 본 듯했다.

"가만 있어라. 이 학생을 어디서 봤더라. 혹시 우리 동네 사는 아이가 아닌가?"

아주머니도 나래를 알아보겠다는 눈치였다.

"아, 알아냈어요. 장미진, 미진이 엄마시지요?"

"그런데 학생은?"

"저 미진이랑 같은 반 짝꿍이어요. 강나래. 전에 병원에서 뵈었던 것 같아요."

"옳지, 맞아. 그래, 나를 집으로 돌아오게 했던 그 고마운 학생이로구먼. 그런데 이 남학생들이 행패를 부리는가?"

미진 엄마는 당장에라도 형석과 동현을 산 아래로 밀어뜨리기라도 할 것 같은 자세를 취하며 나래의 대답을 기다렸다.

"아니에요. 저희 학교 학생들인데 우연히 만나서 이야기를 나누는 거예요."

"응, 그랬어? 그동안 지켜보니까 나쁜 애들 같지는 않았었는데."

미진 엄마는 조금은 미안한 얼굴을 하며 떡을 팔고 있던 돗자리 쪽으로 걸어갔다.

"저 아줌마, 아는 분이니?"

"응, 우리 반 미진이 엄마야. 그런데 여기서 떡장사를 하는 줄은 정말 몰랐는데?"

"그래, 저 아줌마는 항상 저 자리에 앉아서 인절미랑 쑥떡을 팔아오셨어. 그런데 단골손님을 몰라보시고 불량소년으로 몰려고 하시네?"

형석이 '하하하' 웃으며 그만 내려가자고 제안했다.
"안 돼, 난 우리 아빠랑 같이 가야 해, 저기 조기 축구회 팀에서 뛰고 계시거든."
"그러니? 우리 아버지께서도 축구회 회원인데 잘들 알고 계시겠구나."
동현이는 썩 잘 됐다는 듯이 미소를 지으며 축구장 쪽으로 걸어갔다.
"그럼, 같이 오너라. 나 먼저 갈 테니까."
형석이는 금방 쌔앵! 바람을 일으키며 뛰어 내려갔다.
"자식, 등치만 컸지 아직도 어린애야. 자기 부모가 보고 싶어서 죽겠단다. 확실히 우리만한 때는 포근한 가정이 제일인 것 같아. 어느 때는 부모의 그늘에서 벗어나 훌훌 털고 독립하고 싶은 마음도 생기지만 누가 우리 뜻을 부모들만큼 받아 주겠니?"
동현이 제법 어른스럽게 말하자 나래도 고개를 끄덕이며 함께 내려왔다.

원서를 써내느라 분주하게 드나들던 학부모들의 발걸음도 거의 뜸해졌다. 요즈음 부모들은 인문계만을 목표로 하던 예년과는 달리 실업계에 보내는 것을 매우 긍정적으로 받아들이는 편인가 보다. 나래네 반만 하여도 삼분의 일이 상고에 가겠다고 마음을 굳힌 것 같다. 특히 예고에서 떨어진 호숙이가 공고를 택하고 토목과를 지망한 것도 화제가 되었지만, 평소에 용의 단정하고 깔끔하기 짝이 없는 한솔이가 S여실 디자인과에 원서를 낸 것도 관심을 모으는 일이었다.

"유명 패션 디자이너 방한솔 씨를 소개하겠습니다."

아이들은 벌써 한솔이가 미스코리아 선발 대회에서 심사를 맡아볼 것이라는 상상력을 동원하여 가칭 '미스 3학년 5반 선발 대회'를 즉석에서 열어 즉석에서 뽑아냈다.

"수영복 차림은 상상에 맡기고, 우리 학교의 상징인 교복 차림으로 마지막 채점을 하겠습니다. 결선에 오른 미인들은 부르는 순서대로 앞으로 나와 서주십시오."

기회만 있으면 수다를 떨고 깔깔거리기 좋아하는 여학생들에게 오늘 H·R시간은 넝쿨채 굴러온 수박이었다. 담임 선생님이 오늘 출장이라서 교실에 들어오지 않았기 때문이었다.

"여러분들, 기대가 되시죠? 지금부터 '미스 3학년 5반 선발 대회' 결과를 말씀드리겠습니다."

공부와는 담을 쌓았는지 항상 꼴찌에서 두세 번째 가는 수원이가 이런 때는 최고의 리더십을 발휘했다. 남들이야 무슨 학교를 가던지 갈림길에 서서 무슨 고민을 하든 아랑곳하지 않는다. 세상에 근심 걱정이 없다. 아이큐와도 상관있다 하겠지만 수원이야 쌍둥이인 수빈이라는 아이는 D중학교에서 이름이 알려질 정도로 공부를 잘한다는데. 나래뿐만 아니라 교실 안에 앉아 있던 대부분의 아이들은 지금 종이쪽지를 들고 서서 생글생글 천진스럽게 웃고 있는 수원을 매우 부러운 눈초리로 바라보고 있다. 잠시 잠깐만이라도 저렇게 세상살이가 즐거웠으면 하고.

"먼저 미스 귀염둥이, 자, 누가 와서 이 이름을 크게 불러주세요!"

기원이 앞으로 나아가 살짝 넘겨다 본 뒤 크게 소리쳤다.

"미스 귀염둥이 이수원!"

아이들은 일제히 박수를 치며 깔깔거리며 웃었다.

"그거 조작이다. 누가 만든 쇼냐?"

아이들은 공책을 들었다 놓았다하며 무효라고 외쳐댔다. 그 밖에 미스 애교상에 이지선, 미스 수다상에 한현희, 미스 미에 정예은, 미스 선에 강나래, 미스 진에 장영실이 뽑혔다.

"야, 미스 건강상은 왜 빼놓았니?"

호숙이 엉덩이를 흔들며 걸어나오자 또 한바탕 교실 안은 웃음바다가 되었다.

"너희들 왜 이렇게 소란스럽지?"

교실 앞 출입문이 드르륵 열렸다. 교내를 순시하던 교감 선생님이 교실 밖으로 들려오는 요란스러운 웃음소리에 교실 안을 들여다보았다.

"난 알아요, 알아요!"

마침 서태지 춤을 흉내내고 있던 장미진 일당은 교감 선생님의 날카로운 눈을 피할 수가 없었다.

"너희들, 그 자리에 그대로 꿇어앉아!"

교실에 선생님이 없음을 확인한 교감 선생님은 안으로 들어서며 무섭게 호령을 하였다.

"저 한번만 용서해 주세요."

조금 전에 애교상을 차지한 지선이가 실력 발휘를 하겠다는 태도로 교감 선생님을 올려다보며 두 손을 삭삭 비벼댔다.

"이놈들아, 선생님이 안 계시면 조용히 자습을 할 것이지 이래 가지고 앞으로 요조숙녀 소릴 듣긴 다 틀렸지."

교감 선생님은 금방 빙그레 웃으며 앞에 꿇어앉은 여자애들을 자리로 들어가라고 했다.

"모처럼 시간이 났으니 내 잠깐 재미있는 이야기나 한 가지 들려줄까?"

"네! 선생님!"

아이들은 재미있는 이야기란 말만 듣고도 박수를 치며 좋아했다.

"어떤 이야기가 좋을까? 명심보감 아니면 채근담?"

"선생님, 귀신 이야기요!"

수원이 큰소리로 외치자 아이들도 귀신 이야기를 해달라고 졸랐다.

"이놈들아, 귀신 이야기라면 너희 담임 선생님인 빈 선생님이 많이 알고 있을 텐데?"

"네? 우리 선생님은 언제나 연합고사에 공부 이야기만 하시다 마는걸요?"

"그래, 담임 선생님은 너희들 중 한 사람이라도 낙오되지 않도록 하기 위해 노심초사 최선을 다 하시기 때문이지. 그렇다면 머리를 식힐 겸 귀신 이야기가 나오는 이야기가 뭐 있더라."

교감 선생님은 잠깐 생각을 더듬는 듯 고개를 갸우뚱하며 눈을 깜빡거렸다. 평소에 별로 말이 없는 듯 복도로만 왔다 갔다 하시는 교감 선생님이 이렇게 분위기가 있는 줄 예전엔 미처 몰랐다. 불현듯 작년에 다른 학교로 전출을 한 비교적 키가 작달막하던 교감 선생님 생각이 아이들의 머리를 스쳐갔다.

"너 몇 반이지? 머리가 너무 긴 단발이다. 내일까지 예쁘게 자르고 와서 검사를 받아야 한다. 알았지?"

시시 때때로 복도에서, 교실에서, 운동장에서 눈에 띄는 아이들을 교무실로 불러놓고 30㎝ 자를 귀밑에다 대어 가며 야단을 치던 일명 나카무라 선생님 말이다.

나래도 작년에는 양 갈래 머리를 들키지 않으려고 얼마나 기를 쓰며 숨어 다녔는지 모른다. 그 교감 선생님은 망각 증세도 없는지 꼭 다음날 걸린 아이들의 이름을 호명해 가며 담임 선생님들을 통해 확인을 시키곤 했다. 만일 한 명이라도 약속을 안 지키면 일주일간 교무실 청소를 하러 다녀야했기 때문에 미장원이 문을 닫았으면 집에서라도 싹둑싹둑 자르고 와야 했던 것이다. 그러니 교무실에 용건이 있는 사람들은 일단 거울 앞에 서서 머리를 요리조리 비쳐보고 교감 선생님에게 걸릴 것 같은 조짐이 보일 때는 아예 볼일을 뒤로 미루거나 다른 사람을 내려 보내기가 일쑤였다. 그러한 살벌한 감시 속에서 반장을 하는 나래가 긴 머리를 유지할 수 있었던 것은 순전히 마정숙 때문이었다. 그런데 지난 1학기 때 최경진 선생님의 단발령 사건으로 머리를 잘린 아이들이 지금은 누군가가 억지로 기르라고 조르지 않는 한 머리를 길러야 할 필요성조차 느끼지 못하는 것 같았다. 나카무라 교감 선생님 말이 나왔으니 말이지만 그 선생님, 언젠가 D외고로 떠난 권영일 선생님과 입씨름(?)을 하는 것도 아이들은 놓치지 않고 보았다.

"교실에서 수업이 한창 진행 중인데 노크도 없이 앞문을 드르륵 여는 일은 아무리 교감 선생님이라 할지라도 예의에 어긋나는 일 아닙니까?"

"아, 글쎄, 교실이 환한데도 전깃불을 그대로 켜고 수업을 하니 어찌 그냥 지나치란 말이요. 선생님은 에너지 절약도 모른단 말이오?"

"네, 잘 압니다만 미처 신경을 못 쓴 경우이니 후에 조용히 말씀해 주시면 더욱 미안하게 생각할 터인데요. 그리고 왜 공부하는 학생은 꼭 밖으로 불러내어 휴지를 줍게 하시는지 이해가 안 가는 일입니다."

"아, 저희들이 버린 쓰레기는 저희들 손으로 주워야지요. 그게 바로 생활 지도라는 걸 모른단 말입니까? 지식 하나 더 집어넣기 전에 바른 인간을 만들라는 말이요."

"그렇게 수시로 끌어내다 청소를 시키고 교통 지도를 하게 하고 자연 보호니 환경 정화 캠페인이니 하는 일에 동원을 시킬라치면 학생들이 학교 오기를 싫어한단 말입니다. 매달 수집하고 있는 폐휴지도 그렇지요."

"됐어요. 선생님은 우리 민족의 가난했던 시절을 몰라서 그래요. 정말이지 세대 차가 나서. 쯧쯧."

"모르는 게 아닙니다. 공부하는 학생들이 골목마다 찾아다니며 어른들이 버린 담배꽁초까지 주워야 하는 모순을 그대로 받아들이기가."

권 선생님은 항상 학생들의 편에서 유리한 변론을 논리 정연하게 펼쳐나갔다. 아마도 아이들이 권 선생님을 좋아했던 이유 중의 하나는 그러한 젊은 기백이 우선 마음에 들었기 때문이리라. 어쨌든 지금은 그 교감 선생님이나 권 선생님 모두 이 학교를 떠나고 없다. 물론 권 선생님은 나래의 형부가 될 사람이지만. 지금 교실 앞에서 싱글벙글 덧니를 드러내가며 '오성과 한음' 이야기를 구수하게 들려주고 있는 교감 선생님이야말로 여학생들의 눈에는 근래에 보기 드문 멋진 존재로 부각되고 있는 것이다.

"우와!"

끝 종이 울리고도 한동안 가속을 내어 하던 이야기를 마저 끝낸 뒤 교실을 나서는 교감 선생님을 향하여 아이들은 열띤 환호성을 보냈다.

"선생님, 감사합니다. 또 들어와 주세요!"

이번 교감 선생님은 일부러 보강 시간을 이용하여 하루에 한 학급씩을 순회하며 아이들에게 유익한 이야기를 들려주고 다닌다는 말이 얼마 안 가서 교정 안 가득 화젯거리가 되고 있었다.

20. 풍요로운 교정

"1·2·3학년 모두에게 알립니다. 다음주 월요일부터 일주일간은 우리 학교의 축제기간이 되겠습니다. 학부모님께는 가정통신문이 나가겠지만 학생 여러분들은 그 동안 닦은 기량을 총동원해서 알차고 보람된 한 주일이 되도록 최선을 다해 줄 것을 부탁드리겠습니다."

교감 선생님이 직접 마이크를 잡고 축제에 대한 예고를 하자 각 교실에서 새어나오는 함성 소리가 한동안 학교 교정을 뒤흔들어 놓았다. CA 작품 발표회, 추계 체육 대회, 어머니회에서 주관하는 알뜰 바자회 등이 함께 열리는 이번 행사 기간은 전교생들에게 꿈을 부풀게 하는 좋은 기회가 아닐 수 없었다. 아이들은 맨 먼저 체육 대회에서 학급별 특징을 최대한으로 발휘할 수 있는 가장 행렬에 신경을 곤두

세웠다.

"요즈음 환경 문제가 심각한데 자연 보호 캠페인을 벌리면 어떨까?"

소라가 건전한 의견을 냈으나 받아들여지지 않았다.

"그래도 제일 인기 있는 것은 신랑, 신부가 아니겠니? 구식 결혼식 말이다. 꽃가마 탄 색시와 말을 타고 가는 신랑이며 줄지어 따라가는 동네 사람들의 갖가지 모습을 연출해 내는 거야."

현희는 자기가 새 신랑 역할을 맡겠다며 제안을 했다.

"아니야, 내 생각으로는 세계 각국의 민속 의상과 춤을 보여 주는 것 이상으로 인기를 끌만한 게 없을 것 같은데?"

"그래, 그게 좋겠다."

정숙의 의견에 찬성하는 아이들이 많았다. 키와 몸무게 피부 색깔 운운하면서 나라마다의 특색을 가장 잘 연출해 낼 수 있는 배역 찾기에 또 한바탕 떠들썩했다.

"선생님. 오늘 더 멋지시다. 맞선 보러 가시나요? 새 양복이 너무 잘 어울려요."

총각 선생님이라 관심도 많았지만 교직에 첫발을 내딛은 영어 선생님이 아무려면 아이들이 부탁하는 말을 들어주지 않겠느냐 하는 믿음으로 어리광을 피워보는 것이다.

"선생님, 한 시간만 내주세요. 네? 연습이 부족해서 그래요. 내일 모레가 체육 대회인데 에어로빅 연습을 해야 하거든요."

"그렇다면 한쪽에서 조용히 해야 한다. 반장이 책임지고."

영어 선생님은 마지못해 시간을 내어주고 교실 문을 나섰다.

"얘들아, 운동장엔 이미 할 곳이 없어. 다른 반에서 벌써 다 차지해 버렸는 걸!"

창문 밖으로 운동장을 내다본 소연이가 실망한 듯 맥빠진 소리로 말했다.

"그렇다면 할 수 없지 뭐, 그냥 교실에서 연습해야지."

"좋아, 빨리빨리 책상과 의자를 뒤로 밀쳐라!"

누군가의 말에 두 번 생각할 틈도 없이 아이들은 책상 위에 의자를 올려놓고 뒤로 죽죽 밀어붙였다.

"이만하면 아쉬운 대로 됐지 않니? 시간 없다. 빨리 하자!"

영실이 집에서부터 가져온 카세트를 교탁 위에 올려놓고 테이프를 꽂았다.

"자, 나를 따라서 해, 시이작!"

재즈 무용으로 예고에 당당히 합격된 영실이가 시범을 보이며 리더를 하는데 흥이 안 날 리가 없다.

"하나, 둘, 셋, 넷! 왼손을 위로 오른손은 허리에, 오른 무릎 들고."

소형 카세트에서는 '쿵작쿵자작!' '뉴 키즈 언더 블록'의 '스탭 바이 스탭'이 경쾌하게 흘러나오고 있었다. 저마다 신바람이 나서 즐겁게 춤을 추고 있을 때였다. 살며시 문을 열고 들여다 본 사람은 교장 선생님이었다.

"너희들 지금이 무슨 시간이지!"

깜짝 놀란 아이들, 교실 안은 금방 쥐죽은 듯 조용해졌다. 교장 선생님이 엄한 얼굴로 재차 물어오자 하는 수 없이 나래가 대답을 했다.

"영어 시간이에요."

"영어 선생님이 오늘 결근하셨나?"

"아니요"

"그런데?"

"……."

교장 선생님은 더 이상 묻지 않고 옆 반 쪽으로 걸어갔다

"우리 그만 하자. 우리교실 바로 아래가 교장실이지 않니? 아마도 너무 시끄러워서 직접 올라와 보신 것 같아."

아이들은 아쉬운 표정을 지었으나 반장인 나래의 말대로 책상과 의자를 원위치에 갖다 놓고 제자리로 가 앉았다.

"영어 선생님을 다시 모셔올 수도 없고 우리 에어로빅 복장에 대해서 의논이나 하자구나."

기원이가 침묵을 깨뜨리며 의견을 내놓자 아이들은 금세 생기가 살아나며 각자의 생각을 말했다.

"빨강색 티셔츠에 검정 타이즈를 입으면 어떨까? 머리에도 예쁜 리본을 매고."

"그것도 좋지만 많은 돈을 주고 사야 하는 옷인데 되도록 실용적인 것이었으면 해. 좀 편한 옷으로 바지와 티셔츠를 입으면 되잖아."

모두들 말괄량이 합집합이라 어쩔 수 없다고 하지만 여자애들의 생각이 마냥 들떠 있는 것만은 아니었다. 실용적이라는 말에 찬성한 아이들이 다시 정한 복장은 누구나 하나씩은 가지고 있는 청바지에 하얀 티셔츠 차림이었다.

"대신 다른 여자 반에 비해서 너무 단조로울지 모르니 흰 티셔츠 뒤에 우리 5반을 나타내는 5자를, 앞에는 학교 배지를 그려 붙이자."

"어차피 티셔츠 하나 정도는 살 각오가 되어 있으니까 앞판에 넣는

글자는 우리 함께 같은 곳에 맡기는 게 좋겠어. 순수한 우리글로 말이다."

"그게 좋겠다. 요즈음 우리들이 입는 대부분의 옷에는 외국어로 쓴 글씨들이 판을 치고 있는데 어느 것은 뜻도 모르고 입는 경우도 많지 않니? 난 지난번에 우리 오빠가 입었던 옷에 '용비어천가'의 첫 구절이 적힌 것을 보고 탐을 낸 적이 있었는데, 우리 국어 교과서에서도 나왔던 글귀니까 그걸 새기면 어떨까?"

정숙이 아이들을 빙 둘러보며 말하자 찬성의 박수 소리가 여기저기서 쏟아져 나왔다.

"그런데 '용비어천가'가 뭐니?"

가만히 있으면 중간이나 가련만 진희가 큰소리로 말하는 바람에 무식이 탄로 날 수밖에. 수업 시간에 제대로 듣지 않았을지라도 상식으로 귀동냥은 해 놓았을 법도 한데 말이다.

"하하하하, 그런 거 있어. '뿌리 깊은 나무는 바람에 아니 흔들릴지니.'"

"나도 모른다. 그냥 아이들이 하는 대로 따라가라구. 입 다물고."

이런 때는 수원이가 진희를 향하여 질책을 할 수 있다. 여기에 미진이가 합세를 한다면 틀림없이 꼴지 삼총사의 도토리 키재기 작전이 되겠지만 미진은 이런 경우에는 항상 구경꾼이 되어 관망만 하였으므로 오히려 점잖아보였다. 곧 끝종이 나겠지 싶어 얼마 남지 않은 시간이랑 수다스럽게 떠들고 있는데 담임인 빈 선생님이 들어왔다.

"이 천방지축 못 말릴 놈들 같으니. 그래 연합고사를 눈앞에 둔 녀석들이 귀중한 영어 시간을 빌려 교실서 퉁탕거리며 춤이나 추다니?"

"하지만 놀 땐 놀고 공부할 땐 공부하자 아닙니까? 체육 대회만 끝나면 다시 조용해질 것입니다."

지선이 선생님의 눈치를 살피며 애교로 둘러대었다.

그 일 때문에 영어 선생님이 교장실에 불려갔다든지, 담임 선생님의 생활 지도 운운하며 빈 선생님과 학생 주임 선생님이 교무실에서 언성을 높였다는 등의 귀엣말은 별로 달갑지 않은 소문이었다. 어쨌거나 아이들은 평소에 숨 막히게 몰아대는 수업 분위기에서 해방되어 체육 대회 날 단 하루라도 실컷 뛰고 마음껏 소리 지를 수 있어서 좋았다. 반마다 언제 그렇게 준비를 했는지 응원석도 대단치 않았다. 반짝거리는 종이를 바가지에 붙여 모자처럼 쓰고 앉아서 색깔별로 특색 있는 수술을 들고 흔들어대는 반이 있는가 하면 징과 꽹과리 등을 준비해 와서 요란스럽게 두들겨대는 반도 눈에 띄었다. 청군, 백군이 양편으로 나뉘어 휘날리는 만국기 아래서 서로 힘을 겨루고 장애물 경주를 하며 넘어지고 일으키는 즐거움이야 국민학교 때부터 일찍 익혀온 바 있지만 그래도 중학생들의 축제다움을 가장 잘 드러내 주는 종목은 에어로빅 경연과 가장 행렬이었다. 산뜻하고 개성 있게 차려입은 의상에서부터 경쾌한 음악에 맞추어 발랄하게 춤을 추는 여학생들, 동그라미도 그렸다가 대각선을 그렸다가 S자 모양으로 구불구불하게 일어섰다 앉았다 하는 파도타기까지 그 짧은 연습 기간 동안에 정말로 멋지게 해낸 것이다.

여학생 반이 차례차례 에어로빅을 마치고 퇴장할 때마다 본부석에서는 모두 기립 박수를 보내었다. 아이들에게도 불가능이란 없다는 말이 통할 수 있었다. 다만 그것이 얼마만큼의 흥미와 관심을 쏟는 일인가가 문제일 뿐이었다. 어느 반이거나 맨 앞줄에서 조별로 시범을 보이고 있는 아이들은 대부분이 공부에는 별 관심이 없고 놀기 좋아하는 여학생들이었다. 그들의 춤 솜씨는 같은 급우들이 보아도 반할만큼 그렇게 부드럽고 유연한 몸짓이었다. 그러니 소질 계발을 위한 학교 교육이야말로 학부모, 학생 모두의 바람이 아닐 수 없었다. 소질을 키우기 위한 학습 활동이 아예 없었던 건 아니었다.

그 동안 CA 시간을 이용하여 갈고 닦은 솜씨들이 다목적실에서 전시되어 학부모와 내빈들, 학생들까지 틈틈이 드나들었다. 장래에 화가를 꿈꾸는 아이들의 멋진 그림들과 시인이 되겠다며 내놓은 시화 작품, 아기자기하게 만든 수예 작품 옆에는 꽃꽂이 솜씨가 실내를 더욱 환하게 만들었다. 붓글씨, 공작품은 물론이고 선생님과 학생들의 공동 작품인 과학반의 컴퓨터 시스템도 구경하는 이들의 발길을 멈추게 했다. 온갖 아름다움을 카메라에 담아온 사진반들의 예술 사진이 확대되어 걸려있는 출입구에서는 어머니들이 따스한 보리차를 한 컵씩 나누어주고 있었다.

또한 그 옆 교실로 들어서면 어머니회에서 주관하는 알뜰 바자회가 열리고 있었으므로 학교 교정은 풍요로울 수밖에 없었다. 각자 집에서 쓰지 않는 가전제품이나 입지 않는 헌 옷들을 깨끗이 빨아다 내놓았다고는 하지만 아주 작은 백화점을 방불케 했다. 더욱이 다 읽고 난 책들을 모아서 진열한 곳은 학교 아래 길모퉁이 헌책방 안의 책보다 수량으로는 훨씬 더 많아보였다. 이러한 물건들은 축제가 끝나는 날 필요한 사람들에게 저렴한 가격으로 판매를 한다고 했다. 그리고 여기에서 남는 이익금으로 장학금을 지급한다는 말 또한 듣는 이들을 흐뭇하게 했다.

점심시간에 나래를 부르는 사람이 있었다. 집에서도 잘 입지 않는 녹색 스웨터 위에 에이프런을 두른 나래 엄마가 햄버거를 만들어 팔고 있다.

"너 점심 먹었니? 안 먹었으면 이걸 사 먹으라고."

"하하하하!"

나래를 알고 있는 아주머니들과 친구들이 다 함께 웃었다.

"300원이면 싸지 않니? 여기서 남는 이익금도 다 너희들에게 다시 돌아갈 거야."

나래 엄마는 일부러 생글 생글 웃어가며 나래에게 농담을 건네 왔다.

"엄마두. 많이 파세요!"

나래가 부끄러워하며 막 교실로 가는 층계를 오를 때였다.

"얘, 나래야, 교문 앞에 나가보자. 아이들 말에 의하면."

정숙이 또 나래에게 작은 소리로 귀엣말을 하며 손을 잡아끌었다.

"난 교실에 가서 도시락을 꺼내 와야 해."

그러나 정숙은 막무가내였다. 정숙의 손에 이끌려 교문 밖으로 나온 나래는 짐짓 놀라지 않을 수 없었다. 나래네 반 아이들 몇 명이 에워싸고 있는 곳에 저번 약수터에서 만난 모습으로 미진이 엄마가 떡을 팔고 앉아 있었기 때문이었다.

"너, 용돈 있지? 자, 나도 천 원은 있다. 가진대로 내놓으라고."

나래도 체육복 바지에서 천 원을 꺼냈다.

"아주머니, 안녕하세요? 이천 원어치만 주세요!"

다정하게 인사를 하는 정숙과 나래를 올려다본 미진이 엄마도 빙그레 웃으며 아는 체를 했다.

"야, 이 갑부들! 우리랑 같이 먹자."

뒤에서 따라오는 여자애들에게 정숙과 인절미를 골고루 나누어 주었다. 떡을 먹기 위함보다 팔아주기 위해서였다는 걸 나래도 모를 리 없다. 그렇지만 나래는 저 혼자 총총 걸음으로 층계를 오르고 있다. 날이 갈수록 믿음직스럽고 고마운 정숙과 고등학교에 함께 다닐 수 없다는 생각이 울컥 가슴을 치밀었기 때문이다.

최균희 청소년 장편소설

꿈이 영그는 교정(제2권)
- 길모퉁이 헌책방

인쇄 2025년 4월 15일
발행 2025년 4월 25일

지은이 최 균 희
발행인 서 정 환
펴낸곳 신아출판사
주소 서울시 종로구 삼일대로 32길 36, 운현신화타워 305호
전화 (02) 3675-3885, 010-3231-4002
팩스 (063) 274-3131
이메일 sina321@hanmail.net
출판등록 제465-1984-000004호
인쇄 · 제본 신아문예사

저작권자 ⓒ 2025, 최균희
이 책의 저작권은 저자에게 있습니다. 서면에 의한 저자의 허락없이 내용의 일부를
인용하거나 발췌하는 것을 금합니다.
COPYRIGHT ⓒ 2025, by Choe Keunhee
All rights reserved including the rights of reproduction in whole or in part in any form.
저자와 협의, 인지는 생략합니다.
잘못된 책은 바꿔 드립니다.

ISBN 979-11-94595-52-6 04810
      979-11-94595-48-9 (세트)

값 15,000원

Printed in KOREA